Alfred Goldmann

Was so passieren kann

Erzählungen

Benziger Verlag

Umschlag: Istvan Mórocz, morografic Zürich
Hergestellt im Graphischen Betrieb Benziger, Einsiedeln
ISBN 3 545 36197 7

Für Thea

Was so passieren kann

Eine warme Sommernacht; in den Strassen der Innenstadt schlendern die Leute Kolonne, die meisten von ihnen sind jung, hier ist viel Lärm und Gerede; aber da sind auch stillere Plätze, verborgene Winkel. Der Junge und das Mädchen kommen über die Treppen aus einer der Nebengassen herab, sie biegen in die belebte Strasse ein, sie unterscheiden sich eigentlich kaum von den anderen, zwischen denen sie nun gehen. Wenn das eine oder andre der Entgegenkommenden, Junge neben Mädchen, Mädchen neben Junge, aufschaut, man sich mustert, hat jedes eine Sekunde das gleiche: etwas Komplizenhaftes im Blick, dann gleitet der Blick rasch wieder weg, zieht sich nach innen, er wird unbestimmt, fremd: andere Welt. Der Junge hat den Arm um das Mädchen gelegt; leicht, behutsam fast, liegt seine Hand auf ihrer Schulter, berührt sie kaum; sie geht neben ihm her, den Kopf gesenkt, Fuss vorsichtig vor Fuss, jetzt hebt sie im Gehen den einen, sie kehrt seine Spitze nach oben und dreht und betrachtet sie, dann holt sie mit zwei, drei Schritten wieder auf und läuft an seiner Seite weiter; sie horcht auf das, was er sagt, manchmal lächelt sie. Sie ist vielleicht achtzehn, der Junge ist ungefähr einundzwanzig Jahre alt. Von ihrer Umgebung sehen sie nur das Stück Trottoir vor ihren Füssen. Wird das bestimmt? fragt sie. Sicher, antwortet er; und nach einer Weile: bestimmt. Er lenkt sie beiseite; sie steigen wieder hinauf, gegen die stilleren Teile der Stadt. Im nächsten Jahr verdiene ich neunhundert Franken, sagt er, das genügt vorerst für dich und mich und für das Kind dazu. Daneben besuche ich das Abendtechnikum; in zwei Jahren bin ich soweit. Mutter würde uns helfen, sagt sie, wenn ich sie darum bitte. Keine Hilfe, sagt er, man muss doch für alles bezahlen. Sie lacht schnell auf: und wenn es Zwillinge sind? Füttern wir einen Magen mehr, antwortet er, und schaffen deinen Goldfisch dafür ab. Sie denkt nach: Vor zwei Stunden wusstest du noch von nichts, sagt sie. Sie gehen, zum zweitenmal heute abend, über den kleinen Platz, wo in der Mitte der grosse achteckige Brunnen steht, das Laubwerk der Linde füllt den Raum zwischen den Giebeldächern fast ganz, etwas Nachthimmel durch die Blätter und Sterne, beim Brunnen unten eine Bank und dort, wo die Gasse den Platz wieder verlässt, links hinten im Winkel, die trüb erleuchteten Fenster der kleinen Kneipe, eine Telefonkabine daneben: das wäre alles; ja, an der Mauer unter der gusseisernen Laterne das knallrote Cabriolet, es steht immer noch dort. Das Mädchen ist an den Brunnen getreten, es zieht mit dem Finger Kreise, Figuren über das Wasser. Hast du in deinem Leben eigentlich schon einmal etwas von Grund aus Scheussliches getan? fragt sie, schaut hoch und ihn an. Nichts, antwortet er rasch, nichts, das ich bereue; warum? Es ist alles auf einmal so anders geworden, meint sie, wichtig; irgendwie; du verstehst? Er nickt, er nimmt ihre Hand, sie überqueren den Platz. Vor dem roten Cabriolet sind jetzt zwei Polizisten, der eine von ihnen schaut noch einmal auf die Nummer des Wagens, reisst jetzt den Zettel vom Block und steckt ihn zwischen Wischer und Scheibe. Der Junge ist stehen geblieben, er prüft mit kurzem aber genauem Blick das Armaturenbrett, die Karosserie, appetitlicher kleiner Sportwagen, offenes

Verdeck. Die Polizisten werden aufmerksam, sie schauen her. Kleine Stille. Dann grüsst man sich, lächelt sogar, es ist nächtliche Stunde und einsam hier, jeder denkt dabei etwas Präzises vom andern, das er zu wissen meint, nicht unbedingt Böses, nichts davon stimmt. Im Weitergehen gleitet der Junge mit der Hand über die Motorhaube hinweg nach vorn, auf dem Kühler lässt er sie liegen: Vorläufig noch nichts für uns, sagt er zum Mädchen, später einmal bestimmt; der kostet gut seine sieben Tausender, wenn nicht einen bis zwei mehr. Er kehrt sich noch einmal um. Zwei Sitze sind dann zu wenig, sagt sie, du vergisst. Die Polizisten sehen ihnen nach, aber sein Interesse gilt dem roten Cabriolet, noch nicht der Polizei, der er in kürze ja für manches verpflichtet sein wird; er geht jetzt neben seinem Mädchen an der Kneipe drüben im Winkel vorbei, durch ihre Scheiben dringt trübgelbes Licht, drin sitzt der Mann, der über sein Leben, das Leben des Jungen hier aussen, entscheiden wird, und der das, er drinnen, nicht weiss, nie wissen wird, dass er es war, der entschieden hat, – vielleicht entschieden hat. In etwas mehr als einer Stunde wird er auf diesen

Platz heraustreten. Er ist etwa sechzig Jahre alt, er trägt eine schmutzigweisse Schirmmütze im Genick, wenig auf dem Platz wird sich dann verändert haben, das rote Cabriolet steht immer noch neben der Mauer, auch die beiden Polizisten sind wieder da; nur der Junge und das Mädchen werden fehlen: sie ist schon daheim und versucht zu schlafen, es war vieles heute, worüber nachzudenken ist; er geht, mehrere Kilometer von hier entfernt, allein seinen Weg den Fluss entlang dem Dorf zu, wo er zu Hause ist. Durch das Nichts von Spass, das er in Szene setzt, wird der Mann mit der Schirmmütze dann die kleine Kugel ins Rollen bringen, die, obwohl irre gelenkt, für einmal das Ziel trifft. Es ist noch nicht soweit. Der Junge und das Mädchen sind jetzt an der noch geschlossenen Tür der Kneipe vorbei, einiges Gehämmer vom Klavier, gedämpfte Stimmen, Gegröle tönen ihnen von dort innen heraus noch nach; sie gehen die Treppen der engen Gasse wieder hinab, biegen unten wieder in die Strasse ein, der Lärm, das Gedränge sind mehr geworden, die Zeit ist vorgerückt, sie sind wieder zwischen den andern, jungen Leuten, von denen sie sich eigentlich kaum unterscheiden. Morgen abend komme ich zu dir nach Hause, wir sagen es dann deiner Mutter; ist es dir sehr unangenehm? fragt er. Neben der Haustür küsst sie ihn; sie spürt etwas Fremdes auf seinen Lippen. Er geht nicht zum Bahnhof wie sonst, der letzte Zug ist schon vorbei, von der Tramendstation führt ein Pfad den Fluss entlang, in spätestens zwei Stunden ist er daheim; anfangs noch dieser oder jener, der ihm entgegenkommt, bald niemand mehr, das lautlose Fliessen, das schwarze Glänzen des Wassers an seiner Seite, die Scheinwerfer drüben vom anderen Ufer, von der Autostrasse her, auf dem Holzsteg über den Kanal, der Steg schwankt leis unter den Füssen, wenn man ihn überquert, gleich danach das Fabrikgelände, hinter einem der unteren Fenster im Pförtnerhaus brennt Licht, der Hund vor dem Schuppen murrt; als er sich ihm nähert, ist er dann plötzlich still; und da, er weiss selbst nicht recht warum und weshalb und gerade in dem Augenblick: er fängt an zu pfeifen, völlig blödsinnig: gerade diese Melodie, er hätte auch singen, auch jodeln können, das vielleicht nicht, geht schon durchs hohe Gras, die Uferböschung entlang, dann unter den Pfeilern der neuen Betonbrücke hindurch, der Fluss ist hier breiter, liegt tiefer, das Wasser wird heller, grünsilbrig, strömend mit Wirbeln, und weiter vorn, aber das weiss, sieht er noch nicht, in einiger Entfernung noch, neben dem Kanalrechen, wo das Wäldchen beginnt, dort, wo ihm die beiden Burschen begegnen werden, liegt festgemacht das Boot, die Ruder sind eingezogen, schaukeln beidseits des Hecks, dahinter, das wieder sieht er: hoch in den nächtigen Himmel gespannt, die Sihlhouette der alten Eisenbrücke über dem Fluss; bald sind wir am Ziel; es ist die Zeit: denn während er weitergeht, langsamer nun und mit gesenktem Kopf, die beiden Burschen durch das Wäldchen ihm entgegenkommen, ist in der Stadt, dort auf dem kleinen Platz unter der Linde, wo der achteckige Brunnen steht, wo sie beide, das Mädchen und er, erst vor kurzem sich noch befanden, ist dort auf dem Platz der alte Mann aus der Kneipe herausgetreten, eine Weile hält er die Tür noch geöffnet hinter sich in der Hand, das zornblaugequollene Gesicht halb rückwärts gewandt, überlegt wohl, ob er dieses Gemisch aus Dämpfen, aus Qualm, diesen Schwall des Geredes, der rauhen, der gellen Stimmen, diesen fadsüssen Geruch von Schnaps, von Bier und von Schweiss, der ihn bis hier aussen erreicht, umspült, ob er dies alles wirklich verlassen, hinaustreten soll, endgültig nun in seine einsame Nacht, oder bleiben, trotz allem noch bleiben soll doch, Polizeistunde ist heute nicht, er ruft etwas zurück, in dem aufbrechenden Gelächter reisst er die Tür hinter sich ins Schloss; er ist kurz gewachsen, ist dick, er trägt eine verwitterte gelbbraune Hose, ein am Hals geöffnetes Hemd, die weisse Schirmmütze tief im Genick. Drei Biere, ein Schnaps, murmelt er: Säue! Dann sieht er die beiden Polizisten drüben beim roten Cabriolet, sie sind noch nicht aufmerksam auf ihn geworden, haben ihn, den Alten, noch nicht entdeckt, sie sind zurückgekommen auf ihrer Runde, der eine hat den Zettel unter dem Scheibenwischer hervorgezogen, das gelbe Fähnchen, das sie vor knapp zwei Stunden gesteckt, sie beugen ihre Köpfe darüber, der erste macht eine neue Notiz darauf, er schiebt den Zettel wieder zurück, ihre Uniformen sind schmuck, sind sauber, die beiden jung und gesund und heiter-zufrieden und hübsch, sie stehen jetzt neben dem Cabriolet, der eine die Arme über der Brust verschränkt, sie reden miteinander und tuen sonst: nichts; der Alte siehts, er schaut unter gesenkter Stirn schräg zu ihnen hinauf, hinüber, etwas Verborgenes, etwas Tückisches steigt in seinen Blick, mit schlenkernden Armen, das Gesicht zum Himmel gerichtet, oder zum Mond? stapft er an der Linde, am Brunnen, dann an den zwei Polizisten, die ihn nun doch bemerken, die ihn zu beobachten beginnen, vorbei, neben der Telefonkabine, in der Mauerecke drüben, dort wo die Gasse in den Platz mündet, bleibt er stehen, er betrachtet erst das obere, hierauf das untere der Plakate auf der einen ihrer Wände, öffnet dann rasch die Glastür und zieht sie ebenso rasch wieder hinter sich zu, er wählt eine zweistellige Zahl, die Nummer der Hauptwache der Polizei; man antwortet; er wird verbunden, während er spricht, beobachtet er durch die Scheibe die beiden Uniformierten drüben beim Cabriolet bei ihrem Plausch. Seine Augen sind gläsernstarr, aber er ist nicht sehr betrunken, er weiss, was er tut: er habe eine Neuigkeit zu melden, sagt er leise, nämlich dass die Welt ein Misthaufen sei, ein Aufenthaltsort für Ferkel, für Säue, dass dies nicht immer so war, das eben wolle er melden, dass die Leute sie dazu machten und dass sie, die Leute, der hier Sprechende, auch der dort Hörende eingeschlossen, ein Drecksvolk seien, dass das schade sei, jammerschade, und man in den Nabel, falls es dort überhaupt etwas derartiges gäbe, in das Zentrum der Erdkugel, meine er, eine Bombe stecken müsste, eine von den grossen, den allerneuesten, mit Zünder daran, damit es den ganzen Plunder auseinanderjage, und das möglichst rasch, sagt er und weiss, während er spricht, dass alles umsonst ist, verloren, verdorben, von seiner Geburt an verdreht und verbogen, dass dieses *sein* Leben nämlich verflucht und verdammt ist, vor allem Anfang schon war, zu nichts nütze: was das Entscheidende ist, zu nichts nütze, nie zu etwas nütze war und sein wird in Ewigkeit, Amen –, wolle er also melden, sagt er und wartet, seine Augen suchen, sie irren, er überlegt, wird dann klar und exakt, wolle er also melden, sagt er: dass unter dem äussersten, dem südlichen Pfeiler der neuen Brücke flussabwärts, deren Eröffnung man letzten Monats so schön mit den Reden, mit den blauweissen, mit den rotweissen Fahnen, mit dem ganzen Klimbim, dem ganzen Trara beging, ja, die meine er, das sei der Name, ihr Name, der Name der Brücke, dass dort also unter dem äussersten Pfeiler eines der Päckchen deponiert sei, der am anderen Ende des Drahtes, der, mit dem er hier spreche, wisse schon, was für ein Päckchen er meine, die Zünduhr jedenfalls ticke bereits, wenn die Herren etwas retten wollten, sie hätten hiermit eine Chance, nicht jeden Tag empfinde er, ob man ihm glaube oder nicht, heute aber sei es so: Reue und Hut vor ihm selbst ab, sei er so wohltätig gelaunt und gestimmt, damit gut und adieu; er hängt an. Späht zu den beiden Uniformierten beim Cabriolet, sie stehen und beobachten ihn noch immer, er verlässt die Kabine, schlendert über den Platz und hinüber, vor ihnen bleibt er stehn, er gräbt einen braunen Stummel aus der Tasche, klemmt ihn zwischen die Lippen und streckt dem einen von ihnen: bitte sehr, bitte schön, sein Gesicht entgegen: Feuer, dem schwebt das Bierfähnchen unter der Nase, einen Moment überlegt er, soll er hier einen Ausweis verlangen, soll er nicht, der Alte merkt den Sinn des Zögerns, lächelt unter rötlichem Bart, schaut den Langen, den Feinen aus wasserhellblauen Augen von unten her listig an, der hält dem Blick stand, wir sind ein kleines Land, irgendwo kennt man sich in der Tiefe, er zieht sein Feuerzeug, knipst, und brennt den hingehaltenen Stummel des Alten an, der beginnt zu dampfen, zu paffen, wendet sich, Finger an der Mütze, um, und geht langsam über den Platz und durch die Gasse hinunter ab. Der diensttuende Beamte in der Hauptwache weiss, dass das, was er soeben gehört hat, eine Falschmeldung ist, es kommt im Dutzend bei ihnen vor, einer, der sich seine Art Spass mit ihnen macht, aber jemanden muss er schicken, wissen kann man nie, gleich darauf bremst auf der Überlandstrasse ein schwarzweisser Streifenwagen der Polizei, wendet und fährt auf der anderen Strassenseite zurück, das ist die Zeit, wo wenig später nur unten am Fluss, vierhundert Meter etwa hinter der neuen Autobrücke, zu der sie beordert sind, der kurze Kampf zwischen dem Jungen und den beiden Burschen ausgekämpft sein wird: noch geht der dort seinen Weg durch das hohe Gras die Böschung entlang auf das Wäldchen zu, aus dem sie ihm entgegenkommen; der Beamte neben dem Fahrer schaut auf die Uhr: er ist müde, es ist die letzte von drei aufeinanderfolgenden Nächten, in der er für einen erkrankten Kollegen einspringen muss, er ist auf seinem Sitz abwärts gerutscht, hat Schultern und Kopf gegen die Lehne gelegt und beobachtet zwischen halbgeschlossenen Lidern vor sich die Strasse: Pass auf, sagt er, und er verschluckt ein Gähnen, heut nacht fahren sie wieder Slalom auf Pneu; er ist breitnackig, kompakt, mit rundem von der Sonne gerötetem Gesicht, er denkt, dass er jetzt schlafen will, irgendwo, dort in der Scheune, zum Beispiel, nur eben jetzt, vor der Kreuzung drückt der Fahrer das Horn, stoppt, dass die Bremsen heulen, flucht und lehnt sich zum Fenster hinaus, er gibt dem Lenker des Wagens vor ihnen ein Zeichen, eine halbe Minute Halt, denkt der Beamte neben dem Fahrer, eine halbe Minute zu spät, er rutscht wieder hinunter in seinem Sitz: wenn es tatsächlich ein Pülverchen ist, was dort gelegt worden ist, vielleicht diese halbe Minute, und die Sache geht in die Luft; nun gähnt er wirklich, sie sind bei der Kreuzung abgebogen und fahren auf der breiten Strasse, sehr schnell jetzt, abwärts gegen die Brücke zum Fluss. Er, unten dort, jetzt schon beim Wäldchen, hat nur wenige Schritte noch zu tun, er sieht die beiden Burschen nicht auf sich zukommen, zumindest, er bemerkt sie nicht, er denkt noch einmal, wieder, seit er sich vor knapp einer Stunde von ihr, seinem Mädchen, trennte, in Zahlen, zieht den Schlussstrich: es stimmt; falls nichts Unvorhergesehenes dazwischenkommt, reicht es, die Rechnung geht auf, Miete und Möbel, einen vollen Dreitausender hat er noch auf der Bank, im Vorbeigehen stösst er den einen der Burschen an und schrickt auf, sagt etwas Unverständliches, eine Entschuldigung wohl, sieht unter blasser Stirn einen zerfahrenden Blick: Excusez, sagt man, wenn man einen Menschen berührt, hört er und bleibt stehn, schaut sich den anderen an und wendet sich wieder zum Gehn, wird scharf am Arm gepackt: Excusez, sagt man, wenn man einen Menschen berührt, du hast mich touchiert, hört er wieder; die Stimme ist sanft, weich und leicht obenhin, eigentlich richtet sie sich an niemand, geht irgendwohin, vielleicht in die Ferne; er, der

Junge, der unsrige, immer noch nicht ganz in der Situation, lacht ihm, dem anderen, ins Gesicht, ist in derselben Sekunde hellwach, er spürt den Schlag kommen, seine Hand zuckt senkrecht hoch und trifft die auf ihn zufahrende Faust direkt unterm Gelenk und wirft sie beiseite, dabei beobachtet er das Gesicht des zweiten der Burschen dahinter genau: im Halbdunkel bleich, schmal, es scheint teilnahmslos, noch? vielleicht nur erstaunt, mit dem Blick abschätzend? wägend? alles kam zu plötzlich, möglicherweise auch nur aufmerksam interessiert, man kann das nicht wissen, nicht sehn, lässt dieses Gesicht aber nicht aus den Augen, hat den andern der beiden, den Schläger, unterdessen hart um den Hals, fest gegen die Hüfte in der Zange: Willst du jetzt Ruhe geben, Bürschchen? der Junge fragt es leise zu ihm hinunter, fragt es gutmeinend noch, nicht böse, und weiss im selben Moment, dass es vorbei ist, dass er verspielt hat: er kennt den Griff, der jetzt kommt, hat zu spät die Verstellung, die blitzschnelle Wendung in den Hüften des anderen erkannt, eine Sekunde, den Zehntel einer Sekunde zu spät, das Zerren, das Drehen in seinem rechten Handgelenk ist nur der Anfang, sein Arm wird aufwärts und hinter den Rücken gerissen, gleichzeitig der irrsinnige Schmerz in der Schulter, die Seite bis in den Schenkel hinab, er wird freigelassen und wankt, erst vorwärts, wieder zurück, hat die Schwärze schon in den Augen, dann kommt der Hieb, hart unter die Brust in den Magen hinein, er krümmt sich, fällt und greift ins Gras, will dort sich noch halten, rutscht aber schon abwärts an Hartem, etwas Hölzernem, an der Kante des Bootes vorbei und fühlt wie ihn das laue Wasser umspült und umschliesst, er versuchts: die Schulter, der Arm sind gelähmt; er stemmt den gesunden noch hoch, tastet, fasst zu, und seine Hand umklammert den Rand des Bootes; der andere über ihm, der Schläger, hat es bemerkt, er gleitet, ein geschmeidiger Schatten, hinab und ihm nach, er nimmt das eine der Ruder vom Heck und hebt es, sieht unter sich den Kopf, das Weisse der Augen, den geöffneten Mund, er zögert, senkt die Spitze des Ruders vor sich ins Boot, schaut auf den unter sich im Wasser, schaut und hängt das Ruder langsam wieder ins Heck an seinen Ort. Eine Chance, sagt er. Er schwingt sich hinauf, ans Ufer zurück: Los, rasch, sagt er, gehen wir ab. Unter dem Gewicht seines hängenden Körpers neigt sich der Bootsrand tiefer, die ihn umklammernden Finger werden steif, gefühllos bereits, noch ist die Kraft, sind Kraft und der Wille, in seiner Schulter, der Hand, in dem schmalen Gelenk dieses einen, seines gesunden, dieses mehr und mehr ermattenden Arms, aber er kennt den Punkt schon, wo er nachgeben will, wo er sich fallen lassen wird, durch Molke, durch Schleier und Kreise, sieht er die Lichter und Häuser drüben am anderen Ufer, sie sind kaum fünfzig Meter von ihm entfernt, Scheinwerfer dort auf der Strasse, er versucht zu rufen, dann will er schreien, und er denkt: die Sekunde, diese; noch zwei; eine Minute; vielleicht –, und merkt, dass ihn Atem und Bewusstsein verlassen, weiss erst jetzt, es in diesem Augenblick exakt und genau: dass er nun sterben wird, denkt doch nicht, immer noch nicht: Leben; Tod: nur an das Laue, das Plätschernde, das da unter ihm ist, das gleich kommen, gleich steigen, das seinen Mund füllen, seine Lungen zerreissen, erdrücken wird; Schmerzen; noch einmal versucht er zu rufen, spürt, wie seine Finger sich nun zu öffnen beginnen und gleiten, und das ist der Moment, wo er sich gibt, wo es auf einmal ganz still in ihm wird, leise; seine Hand, schon im sich Öffnen begriffen, will er jetzt ganz öffnen, merkt plötzlich, dass er weint, und da, nun hört er sich schreien, rufen, einmal, deutlich, laut: ihren Namen, den er ruft; er meint es zu hören: es ist nur ein bröckelnder Laut; aber seine Hand schliesst sich wieder fest, fester: eisern um die Kante des Boots. Nichts; natürlich nichts, sagt der Beamte vierhundert Meter weiter oben auf der Brücke zum Fahrer, der im Wagen mit der Wache telefoniert: absolut nichts; sag ihm, der gemeldete Sprengstoff bestehe, wie vermutet, zur Hälfte aus Tücke, zur andern aus Galle und Schnaps. Vom Sockel des Pfeilers ist er über die Eisentreppe wieder heraufgekommen, er schnauft, überlegt, ob er schon einsteigen soll, die Luft ist milde, hinten über dem Fluss der Himmel zartgrün mit einem Federstrich schwarzen Gewölks, er stützt die Ellbogen, das Kinn in den Händen, auf die Brüstung der Brücke und schaut in die Nacht, vom Wasser steigt dünner modriger Geruch, eine Zigarette, denkt er, drei Züge nur; die Müdigkeit sitzt jetzt vorn hinter der Stirn, in den brennenden Augen, in den Schläfen ein feiner pochender Schmerz, noch vier Stunden, denkt er, Blödsinn alles, nichts Gescheites in den drei Tagen passiert; er schaut hinaus auf den Fluss, berufsmässig scharf und genau, beugt den Kopf vor und horcht: es kann nicht der Schrei gewesen sein, was er hört oder zu hören glaubt, dafür ist die Entfernung zu gross, auch ist drüben der Ruf ja sehr leise, nur dem Ertrinkenden dort scheint er laut, vielleicht in der helldunkeln Nacht die Silhouette des Kahns, die er dort bemerkt, die ihm auffällt, die im Heck stehenden Ruder scheinen ihm ungewöhnlich: vielleicht; wahrscheinlich kann er selbst nicht sagen, was ist, nur das: mit einem Mal ist er wach; er späht aus verengten Augen dort hinüber, wo vor der Krümmung des Flusses der Schatten des Wäldchens beginnt, seine Nasenflügel fangen an sich zu regen, er stösst einmal heftig die Luft aus den Lungen: Etwas mag ich dort nicht, sagt er zum Fahrer, der im Wagen noch immer mit der Wache spricht: sag ihm, es wäre da doch noch etwas zu kontrollieren, zu tun; in zehn, zwölf Minuten bin ich zurück; er steigt die Treppe wieder hinunter zum Fluss, geht am Ufer langsam dann voran, vorsichtig, Schritt vor Schritt, den Blick in die Ferne zum Wäldchen, eher eigentlich aber nach innen gerichtet, geht jetzt oben auf der Böschung schon durch das niedergetretene Gras, sollte umkehren, die zehn Minuten sind vorbei, und geht weiter, auf das Wäldchen, gegen die alten Eisenbrücke zu: dorthin; weicht ab hinunter zum Kahn, dessen stehende Ruder im Heck er nun tatsächlich fixiert; als er die Stablampe zündet, ist er kaum erstaunt, er setzt zum Halt ein Knie auf die Erde, sein Arm langt in die Tiefe, und eine weissliche, runde und kräftige Hand, über Rücken und Fingern rot behaart, fasst zu und umgreift das dünne Gelenk des ertrinkenden Jungen: Komm, sagt er, stemmt sich hoch und zieht, mit beiden Händen dann, den schweren, sinkenden Körper nach oben. Man bettet ihn im Fond des Wagens, eine Wolldecke ist vorhanden, Schmerzen, sagt er, habe er; ja; das schon; auch das Atmen falle ihm etwas schwer, wie ein Krampf in der Brust, sonst aber nichts, es gehe ihm gut; und er redet. Wenn er nur spricht, denkt der Polizist; er hat sich umgewandt und lässt den Jungen während der Fahrt nicht aus den Augen: Was du da erzählst, sagt er zu ihm, und er merkt nicht, dass er ihn duzt: im allgemeinen sind diese Typen nicht so, und du hattest schliesslich ein lausiges Glück, dass er dir das Ruder nicht doch noch auf den Kopf gehauen hat; sie leisten exakte Arbeit sonst. Die Stimme des Jungen, die ihn unterbricht, ist plötzlich sehr hell: — aber er wollte mir ja eine Chance geben, er sagte es doch deutlich zu mir, der Typ; das ist doch sonnenklar, oder nicht? Eine Chance, denkt der Beamte, du bist lieblich, mein Kind, die Chance war ich; das heisst, denkt er weiter, wenn jener Juxbruder vor einer halben Stunde uns nicht alarmiert hätte, wenn wir dort an der Kreuzung eine Minute länger gewartet hätten und wenn —, ihm wird nun etwas schwindlig im Hirn: wenn! denkt er, besser man hört hier auf; und überhaupt, er ist auch wieder furchtbar müde; eigentlich hätte man übrigens die Sanität —, da sind sie vor dem Spital. Am offenen Fenster seines Mansardenzimmers sitzt der Alte, zwischen Giebeldächern hindurch schaut er gegen den Berggrat hinauf. Über dem Grat steht allein ein winziger Stern; er leuchtet scharf, sein Licht flackert, es wechselt von weiss zu blau, von blau zu weiss; es ist kalt, ist fern. Der Alte kennt den Stern, er beobachtet ihn oft von hier aus in der Nacht, in seinen Nächten; einmal hat er seinen Namen gewusst, er hat ihn wieder vergessen; aber der Stern *ist* namenlos, er hat keinen Namen, es ist gleichgültig, wie er heisst. Der alte Mann legt die Hand vor sich auf den Sims, er schliesst sie langsam zur Faust: einmal etwas tun, ein einziges Mal! denkt er, das getan ist, das gilt, und ich lösche ihn aus dort oben jenen Stern! Es ist ein trockener, ein böser Laut, als er lacht: Ob sie wohl hingefahren sind, die von der Polizei? Das Mädchen schläft traumlos tief, manchmal zucken seine Lippen; gegen Morgen, draussen ist noch nicht recht hell, sitzt sie plötzlich aufrecht im Bett, sie streift das Haar aus der Stirn und denkt nach, dann erinnert sie sich wieder, hat es gefunden: Aber das ist doch ganz einfach, hat er heut nacht beim Abschied zu ihr noch gesagt: wenn es ein Mädchen wird, heisst es Marie-Yvonne; ist es ein Junge: Hans. Sie legt sich zurück, wendet das Gesicht ins Kissen, lächelt, schläft wieder ein.

Tante Rosy

Man muss nicht immer das Schlimmste erwarten, auch Schlimmes ist schon gut genug. Ich war letzthin bei Tante Rosy zu Besuch. Fünf Stockwerke, ohne Lift. Ich gehe hin und wieder zu ihr; jeder hat so seine Gründe. Tante Rosy ist ein liebender Mensch. Ihr Hobby sind Tiere. Sie besitzt zwei ausgewachsene Kanarienvögel edelster Zucht und einen Bernhardinerhund, sechsjährig, mit beeindruckenden Triefaugen, und drei bis vier oder auch fünf Goldfische, je nach Jahreszeit und Sterblichkeitsgrad dieser Tiere, zudem eine mir unbekannte Zahl Schildkröten, die überall auf den Zimmerböden herumliegen oder -kriechen, und man muss sehr vorsichtig gehen, dass man nicht über die eine oder die andere von ihnen stolpert (die armen, armen Tiere! Kannst du nicht aufpassen! Menschen sind doch Barbaren!), ferner einen Goldhamster und mehrere Stück weisse Mäuse; natürlich einen Papagei, graurot mit grellgelbem Schnabel. Tante Rosy ist ein liebender

Mensch. Sie ist rührend, sie ist aufopfernd bis zum letzten, sie kennt und erspürt auch noch die kleinsten Bedürfnisse ihrer Tiere, und sie handelt danach. Sie würde nie ein Tier schlagen oder beschimpfen. So hasst sie auch Leute, die Hunde nicht mögen, sie versteht eigentlich nicht, dass es so etwas überhaupt unter dem Himmel noch gibt. An der Wand ihres Wohnzimmers hängen verschiedene Auszeichnungen und Anerkennungsurkunden nationaler und internationaler Tierausstellungen oder -konkurrenzen und ein Dankesschreiben nebst Medaille des kantonalen Tierliebhaberverbands. Tante Rosy wird alles für Tiere tun. Sie ist so. Wenn sie zu dir spricht, hast du den Eindruck, ihre Finger zielen nach deinem Herzen. – Du solltest nicht zwei Stufen auf einmal nehmen, wenn du zu mir heraufkommst, sagte sie zu meiner Begrüssung, du bist nicht mehr in dem Alter, in dem man das tut (ich bin fast genau achtunddreissig Jahre alt), – dein Atem geht jetzt sehr unregelmässig, wie ich höre, auch deine Gesichtsfarbe gefällt mir übrigens seit langem nicht; das kann schlimm ausgehen, fürchte ich. Nett von dir, Tante Rosy, sagte ich, dass du dich um mein Befinden sorgst, aber ich bin, Gott sei's gedankt! kerngesund; mein Horoskop und auch mein Gefühl prophezeien mir noch mindestens vierzig gute Jahre Leben; mindestens, sage ich. Auch die besten Horoskope und Gefühle können sich täuschen, mein Lieber, antwortete Tante Rosy, und krümmte die Hand um die Schnauze des Bernhardiners, willst du dich nicht setzen, Lieber? Sie holte einige altbackene Salzbrezelkrümel aus der Kommode und dazu einen rotlila Likör. So ist das, schnarrte der Papagei, er meinte das wohl nachträglich, er schnarrte bedeutend, während er sprach, aber ich glaube, das tun alle Papageien, ich kenne mich da nicht so aus. Die Kanarienvögel übrigens waren ausnahmsweise gerade still, und ich war eigentlich froh darüber, ich mag nämlich auch ihr Getrillere nicht; die Schildkröten auf dem Fussboden und die umeinanderwirbelnden weissen Mäuse in der Ecke waren mir genug. Nett, dass du kommst, wiederholte Tante Rosy, und schaute an mir vorbei zum Fenster hinaus, du kannst mir helfen, ich weiss wieder einmal nicht ein oder aus. Die Niere? fragte ich. Tante Rosy, vergiss nicht; du bist vierundachtzig Jahre alt, Tante Rosy. Ich habe dir hier ein Medikament mitgebracht, ein Bekannter von mir, ein Mediziner, hat mir davon gesprochen; es soll gut sein in deinem Alter: täglich dreimal nach dem Essen, es steht auf der Packung geschrieben, Tante Rosy, sagte ich, und ich schob von den Salzbrezelkrümeln vorsichtig mit dem befeuchteten Zeigefinger einige in die Richtung des Papageis. Sie wischte sie und meine hingelegte Medikamentpackung mit einem Schwung auf den Teppich hinunter: Tiere essen das nicht, sagte sie, leicht verschwommenen Blicks. Und dabei wusste ich, er (der Papagei), frass alles und noch ganz anderes! hoffentlich liegt ihm das Büschel Haare, das er mir letzthin ausgerissen hat, heute noch im Magen, aber Papageien haben eine gute Verdauung, ich kenne mich da, wie gesagt, nicht so aus. Hast du mein Paket zu deinem Geburtstag erhalten? fragte Tante Rosy. Den Kuchen? fragte ich, ja. Es war sehr aufmerksam von dir, wie immer, dass du an meinen (achtunddreissigsten) Geburtstag gedacht hast. Hast du schon davon gegessen? fragte sie interessiert. Ich habe ein Stück davon einem meiner

Bekannten geschenkt, Tante Rosy; er ist Chemiker, und Chemiker lieben derartige Sachen. Chemie ist ein guter Beruf, meinte Tante Rosy, du hättest seinerzeit besser etwas in dieser Richtung gewählt, so stündest du heute besser da und müsstest nicht –, ich habe das immer schon deinen lieben verstorbenen Eltern gesagt, aber auf mich hört ja keiner. (Der Goldhamster war übrigens ausser Sicht, aber man durfte doch nicht leichtsinnig sein, ich habe ihn beim Nachhausegehn schon einmal in einer meiner Hosentaschen vorgefunden.) Und wie stehts mit den Stichen unter der linken Brust, Tante Rosy? vierundachtzig Jahre; du musst bedenken, immerhin ein schönes Alter, deshalb bin ich ja eigentlich auch hergekommen: du müsstest zum Arzt, Tante Rosy, das wollte ich dir sagen. Sie verzog die Lippen. Stiche, sagte sie. Ich werde über hundert, damit muss man nun einmal rechnen und sich endgültig abfinden, ihr Lieben, das liegt in meiner Konstitution. Sie spielte, während sie sprach, mit einer kleinen spitzigen Schere. Mich machte das nervös. Kannst du damit nicht aufhören, fragte ich. Bitte, sagte sie, wenn du es nicht magst, und dann zündete sie sich eine von ihren langen russischen Zigaretten an. Du wirst noch einmal in Flammen aufgehen, Tante Rosy, rief ich, nun ernstlich wütend: ich warne dich jedesmal und immer wieder, du sollst noch brennende Streichhölzer nicht in die Schachtel zurückstecken, das ist eine Untugend, und für alte Leute gefährlich. Dazu ist die Feuerwehr da, unterbrach mich Tante Rosy. Ein automatisches Feuerzeug, das ich dir schenken wollte, hast du auch zurückgewiesen! sagte ich. Die Dinger explodieren zu oft, sagte Tante Rosy. Sie seufzte, wenn ich auf den Friedhof gehe, du weisst, dein Onkel, mein seliger Mann, deine lieben verstorbenen Eltern, die Friedhöfe werden immer grösser, die Leichensteine immer mehr und mehr und mehr. Lauter junge Leute! lauter junge Leute. Wie bringt ihr das nur zustande, Kinder, sagte sie und schüttelte den Kopf. Das wundert mich garrr nicht, sagte der Papagei, er schnarrte natürlich wieder, aber er kam diesmal im rechten Augenblick. Auch alte Menschen können sterben, Tante Rosy, erwiderte ich ernst. Sie legte die Hand in den geöffneten Rachen des Bernhardiners, er war unruhig geworden, er mochte mich nicht. Ich habe Sorgen, ich deutete es dir bereits an, als du kamst, sagte Tante Rosy, und sie sah mich wieder an, verschleierten Blicks. Was rätst du mir, ich denke viel an die Zukunft und an dich; an die Zukunft meine ich, sagte sie, nicht an jetzt. Zum Beispiel baut man endlich nun endlich! auch bei uns Verbrennungsanstalten für gestorbene Tiere, die Mittel dafür sind knapp. Auch Tierfriedhöfe sind noch rar. Was rätst du mir, fragte Tante Rosy. Das Krematorium, Tante Rosy, sagte ich leise, und ich legte meine flache Hand vor mich auf den Tisch, zum Zeichen, dass ich nun meinen Besuch hier beende. Ich hatte es plötzlich eilig und stand auf. Ich hatte auf die Uhr geschaut, es war spät. Meine Freundin wartete bei mir zu Hause auf mich. Sie heisst Verena, und wir lieben uns wirklich. Am liebsten nackt. Aber das gehört bereits zu meinen Privatsachen, es gehört nicht mehr hierher. Ich muss jetzt gehen, sagte ich, Tante Rosy. Bleib bei Gesundheit. So wird es sein, erwiderte sie und brachte mich zwischen zwei Schildkröten vorbei hinaus in den Korridor. Während sie dort meinen Mantel holte, drehte ich in der Küche den Gashahnen auf. Das Gas ist seit dem vergangenen Jahr bei uns in der Stadt entgiftet, sagte Tante Rosy, solche Dinge müsstest du eigentlich wissen. Pass auf, dass du nicht fällst, sagte sie unter der Türe, die Stiegen sind frisch gewichst. Und übernimm dich nicht! rief sie noch hinter mir her, auch nicht zu Hause, du bist nicht mehr der Jüngste, die meisten Menschen sterben im Bett. Der Papagei rief auch noch etwas. Aber das verstand ich nicht mehr.

Liebesgeschichte

Jemand muss etwas haben gegen mich. Beispielsweise die Sache mit meinem Briefkasten. Wenn ich frühmorgens die Post unten hole, sie kommt um neun und ich warte schon seit sechs Uhr morgens auf sie: immer ist etwas los. Ich finde zwei oder drei tote Mäuse, die ich zwischen meinen Briefen und Karten entdecke, nette Mäuschen! nichts gegen sie zu sagen, zierliche Schnäuzchen, zierliche Krallen und feinseidige Schwänzchen; aber, eben, tot. Wenn es nur dabei bliebe. Einmal ist es ein Bündel Regenwürmer, sorgsam ineinander verknotet; dagegen ebenfalls nichts, auch Würmer sind Wesen, in meinen Briefkasten passen sie nicht. Und weiter, noch nicht lange her, fein aus der Bunten Illustrierten geschnitten, ein schwarzblanklackierter Sarg, Luxusmodell, geöffnet, samt beinhaltetem Toten, rechts unten im Bild mit rotem Filzstift hinzugefügt: Ausrufungsstrich, Punkt. Und das noch zum Schluss, nur damit man mir glaubt, krabbelt mir, wie ich das Türchen, vorsichtiger nun schon, aber immer noch leichtgläubig, öffne, ein mittleres Heerlager langfüssiger Spinnen entgegen, – keine ganz hübsche Sorte. Ich liess sie natürlich gleich laufen, gab ihnen die Freiheit zurück, froh, dass sie lebten. Nein, einen Zeitzünder fand ich noch nicht; bis jetzt; aber, wer weiss. Auf jeden Fall, wie auch immer: man sieht, jemand hat etwas gegen mich! Vor drei Monaten liess ich auch die Polizei deshalb kommen. Ich hatte zuvor, ihrer Anweisung gemäss, eine dünne Schicht präpariertes Fett an das Türchen zu meinem Briefkasten gestrichen. Fingerabdrücke; jeder versteht. Es waren die meines Pöstlers. Und andere. Die Polizei ist noch heute mit diesen anderen in ihren Laboratorien beschäftigt. So etwas ist ihnen noch nie vorgekommen, sagt man mir; mehr sagt man mir nicht, und ich tappe weiter im Dunkeln. Und nun also, zum Übrigen, dies – die Frage nach dem Wann: der Woche, dem Monat, dem Tag, erspare man sich; ich vermute überhaupt stark, damals fing alles überhaupt erst an! –, also dies: Mit dem Ablauf in meinem Badezimmer ist etwas nicht mehr in Ordnung, was auch fehlen mag, das Wasser steigt aus ihm hoch, anstatt dass es in ihn sinkt. Ich telephoniere dem Sanitär. Man verspricht mir, morgen um zehn. Punkt zehn läutet es wirklich, und vor der Tür steht, nein, nicht der Sanitär, der natürlich nicht, das erkenne ich auf den ersten Blick. Ich habe keinen Kaminfeger bestellt, sage ich leise, gleichwohl immer noch höflich, denn, was ich da vor mir sehe, ist doch eine Spur verwunderlich, es handelt sich nicht um einen Kaminfeger, der hier vor mir steht, nein, es ist eine Kaminfeger-in! Das wundert mich, wie eben gesagt, sehr; ich hatte dergleichen noch nie gesehn. Aber jeder Annahme zuwider, gibt es das offensichtlich jetzt. Blond, blauäugig, mit hübschem, sehr hübschem, russgeschwärztem Gesicht, schwarzen Hosen und knappsitzendem, schwarzem Jäckchen; ohne Zylinder, versteht sich, eine schwarze Kappe in den Schulterriemen gezwängt. Ich lächle; sie lächelt. Natürlich ist mein Kamin reinigungsbedürftig, und ich führe sie hinauf unters Dach. Und dann gehe ich wieder hinunter, — ja, ich gehe wieder hinunter! Es ist, wie immer bei mir, ich bin tief in meine Arbeit verstrickt. Und schon fängt das Gerumpel,

Gescharre und Schieben über mir an; aber das war zu erwarten und geht vorüber. Was dann schliesslich durch den Kamin herabsaust und platzt, ich schreibe eben an dem von der Redaktion dringend erbetenen, unterdessen berühmt gewordenen Essay, "Neue Hinweise auf die Technik und den Farbzerrieb in der Freskomalerei Leonardo da Vincis", was da also durch den Kamin herabsauste, vor meinen Füssen zerplatzte und stank, frage man mich lieber nicht. Das russblonde Fräulein steht kurz danach unter der Türe, sagt: fertig, präsentiert mir die Rechnung, die ich schweigend bezahle, und geht. Für das vor dem Kamin, den Kadaver, bestelle ich den Abdecker, der holt die Sauerei weg. Jemand hat etwas gegen mich! Dass man mir gestern sieben Grabkränze mit den dazugehörigen Schleifen und einen unbeschrifteten Leichenstein ins Haus schickte, habe ich wohl schon gesagt. Und so sitze ich denn nun vor meinem Glas, und auch zum Briefkasten hinunter traue ich mich nicht mehr; jeder wird das verstehn. Dabei erwarte ich dringend Post; endlich die Antwort auf einen, für meine Verhältnisse, sehr wichtigen Brief. Ich starre ins Glas, ich weiss, das Gesöff wird mir nicht bekommen, es fehlt noch eine entscheidende Zutat, die man mir versprochen hat, und die man nicht bringt. Sie wird schon bald dasein. Dieweil starre ich weiter ins Glas. Bekommen wird mir der Inhalt nicht; nicht mit, und auch ohne die Zutat nicht; aber saufen werd ich es doch, das ist so unsere Art. Unterdessen steigt drüben, gegen den Rand des Waldes, ein Flugzeug hoch; Düsen und Rauch. Und nun wird man meinen, ich wohne oder ich sitze vor meinem Glas, warte auf die Zutat, irgendwo draussen, in der Nähe des Flugplatzes, und da sei mein Haus, oder besser: ich sässe dort auf der Terrasse des piekfeinen Restaurants, über den Pisten, lasse es mir gut gehn, warte auf den Kellner, den Mixer, ich weiss nicht, auf wen; warten tu ich schon, und zwar immer; aber das andere ist Unsinn, ich bitte um Entschuldigung dafür, ich wollte niemanden verwirren: ich wohne am entgegengesetzten Rande der Stadt, gute zehn Kilometer vom zivilen Flugplatz entfernt. Doch mein Schiffchen mit Flügeln hatte ich plötzlich gesehen, und wie es stieg; habe es steigen lassen; silbrig blitzend, in den blau-sauberen Himmel hinein. Im übrigen, wer aufpasst, versteht mich schon. Ich sagte es ja genau, wo ich sitze vor meinem Glas. Auch dass ich mich nicht zum Briefkasten hinunter mehr traue, und dass ich Antwort, endlich die Antwort auf meinen Brief erhoffe, erwähnte ich bereits. Ich schrieb ihn vor zehn Jahren zum ersten Mal. Seither wiederhole ich ihn täglich und schicke ihn ab, registriert, mit Absender und Rückantwortschein, wäre der Empfänger unauffindbar oder verstorben, mein Brief käme zurück. Aber nichts. Nichts kommt. Nichts zurück oder an. Nichts. Ob ich irgend etwas falsch gemacht habe? Jemand hat etwas gegen mich, das ist klar. Übrigens, es sind noch keine zehn Jahre, seit ich meinen Brief zum ersten Mal schrieb. Was das Datum betrifft, so darf man es bei mir momentan so genau nicht nehmen. Im allgemeinen bin ich sonst korrekt. Auch Monate oder Wochen sind es wohl nicht seither. Und dann gehe ich doch zum Briefkasten hinunter. Was bleibt mir anderes übrig; schliesslich muss jeder das Nötige tun; von allein geschieht ja auch wieder nichts. Also: so oder so. Die Hauptsache ist, du gehst. Der Gegensatz zu Sitzen ist grösser, als du denkst. Soweit bin ich bereits. Im

Briefkasten liegt ein Neujahrsgruss der Kaminfegerin; wir haben jetzt Mitte August. Sonst nichts. Keine Mäuse, keine Ratten, keine Spinnen, auch nicht die erwartete Antwort auf meinen Brief; natürlich, die nicht. Ein Gruss allein, zählt wohl kaum. Auch seine Form darf mich befremden. So sitz ich wieder oben vor meinem Glas; das Gesöff wird mir bestimmt nicht bekommen, mit der Zutat und ohne sie nicht, schon seine Farbe ist mir unsympathisch: schwarzbraun mit Flocken verschwimmenden Grüns. Und ich denke und denke und grüble und denke und hoffe auf Antwort auf meinen Brief. Sie sollte endlich kommen. Ihr Inhalt ist von entscheidender Bedeutung; für mich. Sie muss endlich kommen! Unterdessen, während ich also sitze und weiter an sie denke, ich rechne in Jahren, Jahrzehnten, erwähnte ich schon! weiter auf sie hoffe und harre, währenddessen also verkürze ich mir die Zeit – von meiner Arbeit rede ich hier nicht, sie ist das Gehen, von dem ich soeben sprach –, während ich also weiter hoffe und harre, verkürze ich mir die Zeit durch Warten. Warten ist ein Zustand; Kenner wissen das. Und jetzt erinnere ich mich auch, dass mir heute morgen, als ich ganz früh schon, der Pöstler könnte meine Tür ausnahmsweise übersehn! vor meinem Haus auf der Strasse ging, die Katze vor die Füsse lief; eine schwarze natürlich. Ein wirklich niedliches Tierchen; nein, ich meine es im Ernst, mit verschreckten, ganz grossen Kinderaugen. Sah sie mich an. Springt sie nun weg? Liebes, schwarzes Kätzchen, du weisst ja nicht, kannst es nicht wissen, dass du schwarz bist und man von dir sagt, dass du darum Unglück bringst. Niemand kann etwas dafür, dass er niedlich ist und schwarz und dass er Unglück bringt. Russschwarz im Gesicht, mit grossen blauen Kinderaugen. Die sehen mich an. Auch dass er dazu noch blonde Haare hat, auch dafür kann er nichts. Kaminfeger, sagt man, bringen im allgemeinen Glück; und dabei sind sie doch schwarz; sie auch. Von Kaminfeger-innen ist alles noch ganz unbestimmt. Man muss das ergründen. Damit bin ich, ohne allzu grosse Hoffnung, seit Tagen beschäftigt. Alles andere ist demgemäss unwichtig. Soweit ist es mit mir schon gekommen; dabei bin ich kein asozialer Mensch! So geht es nicht weiter. Und deshalb auch habe ich geschrieben, und ich schreibe wieder, werde wiederum schreiben, wieder und wieder! Aber den Dreck damals aus dem Kamin herunter, wird sie mir auch nicht erklären können, niemand wird ihn mir erklären können, auch nicht das mit den Mäusen, den Spinnen, den Ratten. Niemand wird mir das erklären können. Vielleicht antwortet sie mir deswegen nicht? Das Neujahrskärtchen im Sommer ist eine Hoffnung. Ich will versuchen, es zu deuten. Niemand hat etwas gegen mich. Wer?

Was vorangegangen war

Das ist der verrückteste Antrag —! sage ich, und ich schaue ihr nun doch noch einmal, und diesmal genau! ins Gesicht: es hat sich bei ihren letzten Worten dort nichts verändert. Zu beschreiben etwa so: klein, braun, rehhaft, ja —; dies: rehhaft, nicht eben schön, das nicht, aber doch; — doch eher Katze? die Lippen spröd, rauh-rissig, wie nach Fieber, ungeschminkt, ein wenig geöffnet: Durst? (Zärtlichkeit?). Ich schaue auf ihre Hände. Kunstgewerblerin, denke ich; Studentin (Chemie), möglicherweise doch kleine Angestellte, Büro; kaum, zu spät am Morgen, obgleich, man kann nie wissen, vielleicht freier Vormittag; Assistentin; in einem Laboratorium; bei einem Arzt. Und eben dieses Kind, sagt sie, und sie sagt es jetzt wirklich! wieder, dieses Kind will ich von Ihnen. Und dabei bleibt ihr Blick auf mich gerichtet, wird eher stärker sogar, heller noch. Ich lache leise auf, etwas hat mich im Hals gedrückt. Das ist der verrückteste Antrag —, sage ich; über uns höre ich die Kirchuhr schlagen: neun. Vor nicht fünf Minuten etwa: sie war an meinen Tisch getreten. Darf ich? fragt sie; zögert. Sie setzt sich. Störe ich? fragt sie, zögert wieder. Anfangen ist schwer, sagt sie, wartet, und als ich nicke: mit Reden, fügt sie hinzu. Stimmt etwas nicht? frage ich, und: alles, antwortet sie: alles stimmt nicht. Wie ich ihr helfen kann? Anfangen! eben wieder anzufangen! meint sie: ihr sagen, dass es natürlich, dass es das einzig Richtige, das Selbstverständlichste, das allein noch Mögliche in dieser Welt sei, dass sie sich so zu mir, so einfach vor mich hingesetzt habe, wie es eben geschehen sei, die Hände auf den Tisch: da bin ich, das will ich; dass ich es nicht für ungeheuerlich, nein! dass ich es durchaus für menschenmöglich –. Ob ich ihr etwas bestellen dürfe, frage ich, und dann schaue ich ihr, zum ersten Mal, etwas länger ins Gesicht. Sie schaut zurück; mir direkt in die Augen. Ihr sei übel, sagt sie: von ihrem Entschluss nämlich. Von ihrem Entschluss, zu mir zu kommen. Trotz allem; eben doch. Und da bemerkt sie wohl das in meinem Blick. Nein! deswegen, aus dem Grunde, den Sie jetzt meinen, komme ich gerade nicht! sagt sie, und für eine Sekunde weiss sie nicht weiter, hilflos auf einmal; für eine Sekunde nur. Der Grund; was sie sucht, was sie wolle, sei ein Kind, sagt sie, und das fällt ihr nun beinahe so von den Lippen. Um schliesslich mit dem Anfang zu beginnen, meint sie und probiert ein Lächeln. Ein Kind, weil da einfach nichts anderes mehr ist, nur noch das Kind ist; weil sie es braucht, ganz einfach braucht; um anzufangen, sagt sie: wieder! anfangen, um leben zu können, noch! leben zu können, noch einmal leben zu können. Einen Beginn —. Und weiss wieder nicht weiter. Pause. Länger diesmal. Und dann ist es gekommen. Präzis, wie geschliffene Steinchen jedes einzelne Wort: und dieses Kind will ich von Ihnen, sagt sie. Und nun schaue ich sie mir doch noch einmal an; und diesmal genau! Und sie wiederholt es, das was sie eben sagte, das was sie will, Wort für Wort, Wörtchen für Wörtchen; dasselbe, exakt. Und warum ich? frage ich. Und während ich es frage, schlägt der Blitz in mich ein, wird mir klar, dass! ich überhaupt, und allen Ernstes! dieses frage. Sie beugt sich weit vor, tief über ihre Hände. Rotbraunes Haar, hübsch, nicht so recht ordentlich gekämmt, das wohl schon, vorn über der Stirn die paar Strähnchen; hat sie meinen Blick gemerkt? sie streicht sie zurück. Und dann sehe ich ihr zu, wie sie trinkt, die blassen Lippen vorsichtig an den Halm gespitzt; Wangen und Hals schmal, sehr zart, mattseidiges Braun. Lieblich! denke ich. Doch eher Kätzchen? Woher kennen Sie mich eigentlich? frage ich. Das fällt mir so nebenbei ein oder auf, sage ich. Sie hat mich beobachtet. Seit Tagen schon. Sie wohnt nämlich hier, dort oben! sagt sie und deutet hinauf, schräg gegen das runde Dachfenster, rechts vorn über uns, ein hohes, enggiebliges Haus. Ich pfeife durch die Zähne und zucke zusammen. Es war nicht schön; kurz und scharf; ein abwärtssausender, böser Ton. Auch sie hat gezuckt, als sie ihn hörte; zwei tiefe Falten sind nun in ihrer Stirn. Es ist aber wichtig! sagt sie. Wichtig —? ich schaue über das Geländer hinunter auf den Fluss. Weiches Licht; zerfliessender Dunst. Weiter oben, hinter der Brücke, der See. Silbrig; grau. Herbst, sage ich; es wird Herbst. Und: — Was ist wichtig? frage ich. Wir; sagt sie. Gut! und wie sie sich das dann denkt, und plötzlich spüre ich von irgendwoher einen spitzen Zorn! weiterdenkt, -denke! frage ich: danach! und mit dem Wir? Sie überlegt keinen Schlag einer Wimper lang: wir sehen uns nicht wieder, antwortet sie sofort; und wenn wir uns sehen –. Nun schweigt sie doch und denkt nach, zieht mit dem Nagel des Zeigefingers Kreise auf den Deckel eines meiner vor mir liegenden Hefte. Doch! sagt sie: wir grüssen uns, wenn, falls! wir uns sehen. Wir geben uns vielleicht die Hand. Nicht mehr! Das Kind gehört mir! Und ich –? frage ich. Lauernd; böse jetzt; ich merke es genau. Wahrscheinlich habe ich dabei auch gefeixt. Und wieder hat sie gezuckt; und wieder die Falten in ihrer Stirn. Ah; sagt sie leise: daran habe ich nicht gedacht; daran eigentlich nicht; Sie können das anders haben. Überall. Besser. Hübscher. Weniger kompliziert. Ja; daran habe ich nicht gedacht; daran nicht. Billiger haben, wird sie noch sagen! denke ich; und dann, nein, schämen gerade nicht, aber: zumindest, ich bin mir nicht angenehm. Und: Junge oder Mädchen also; frage ich und riskiere, ich weiss, was ich sage! riskiere ein Lächeln. Mädchen; antwortet sie sofort und in meinem Ton. Und wenn es –, doch ich dämpfe sogleich wieder meine Stimme: und wenn es, zum Teufel! frage ich, wenn es ein Junge wird! Woher denn wissen Sie, woher —. Was wissen Sie überhaupt? frage ich. Weshalb Sie mich danach nicht mehr sehen will, nicht mehr haben wolle, frage ich weiter. Weil sie niemanden (ich höre!), niemanden mehr haben will! mehr um sich ertrüge, nie mehr ertrage! für immer, in alle Ewigkeit nicht, weil alles aus und zu Ende sei, — ist. Das Übliche also, sage ich freundlich, und innen frisst mich der Zorn, und wahrscheinlich habe ich auch wieder gefeixt: ein bisschen enttäuschte Sympathie? Nein! gerade das nicht! unterbricht sie mich: gerade das nicht, sagt sie heftig, während unseres Dialogs eigentlich zum ersten Mal: mit dem sei es, wie sie mir, ich erinnere mich, soeben sagte, für immer und ewig vorbei, ihr geht es, gehe es um anderes: und ich, — ich! solle doch nur gleich sagen, was ich eigentlich meine mit dem kostbaren Wörtchen — Sympathie; denn, so sähe ich ja auch aus, und so redete ich auch: zum Schluss käme es bei mir noch auf Liebe heraus; bei ihr aber nicht, diesen Begriff führe sie nicht! Was das dann für eine

Sache sei, frage ich nun sehr schnell (mich kaufst du nicht!), die sie für ihr Kind, für ihr zukünftiges Kind, meinte ich, empfinde und was ferner, wenn auch in diesem, unserem! speziellen Fall, weniger wichtig anscheinend: eigentlich für mich? Interesse; sagt sie. Etwas Behutsames ist jetzt in ihre Augen getreten, vor dem ich erschrecke, ich weiss nicht, warum. Und das Kind wollen Sie, frage, noch leiser als sie, nun ich: weil alles so ist in der Welt? Antworten Sie! sage ich wütend, da sie schweigt: weil alles so ist, wie es ist, bei aller Affenschande! nun einmal ist. Und an ihr Kind, gerade in dieser Welt, denken Sie nicht? Doch; sie habe daran gedacht. Ich fahre mir mit den Händen ins Haar; ich lehne den Kopf weit hinter mich in die verschränkten Arme zurück. Die Sonne blendet nun schon; scharfgleissende Scheibe in ziehendem Dunst; über den Dächern die ersten Flecke Blau. Von der anderen Seite des Flusses, sehr stark auf einmal, die Geräusche des Verkehrs. Ich überlege, was ist, höre ich sie sagen, wenn Sie jetzt aufstehen und gehn, und ich wüsste, es ist für immer. Was wäre —? frage ich, und ich hebe ein wenig den Kopf aus den Armen; meine

Stimme tönt merkwürdig fern. Nichts, antwortet sie; es wäre nichts. Ja; sagt sie und schaut von mir weg, hinüber über den Fluss. Wenn ich jetzt meine Stirn auf ihre Hand lege, denke ich, meinen Mund –

Einsam und allein

Unter Einsamkeit stelle ich mir immer etwas sehr Grosses vor. Nicht gross im Raum. Nur grosse Menschen konnten einsam sein. Wenn ich an Einsamkeit denke, sehe ich immer die Berge vor mir; nicht unbedingt das Gebirge, denn dort ist überhaupt nicht zu gehn. Wer aber ein Einsamer war, so denke ich, ging in den Bergen; weit, fernab von den andern, ohne jeden; aber nie allein. Viele, unendlich viele! waren einsam, die man kennt, und viele, wahrscheinlich ebenso viele ! waren einsam, deren Namen niemand kennt. Mozart war einsam, Kleist; Beethoven, sicher, und Gustav Mahler, bestimmt, Joseph Hadn, sehr wahrscheinlich, obwohl es bei ihm nicht den Anschein hat, aber der Schein trügt, vielleicht hier; Hölderlin war einsam, im Alter sehr, Baruch Spinoza, unsere Propheten, und später, der nach ihnen, der Andere, – ja. Und viele, unendlich viele, ich sagte es, waren einsam, deren Namen keiner kannte und kennt. Weshalb schreibe ich war und war und immer wieder war und war? Ist heute keiner mehr einsam? Heute ist keiner mehr einsam! wir sind allein. Liegt es daran, dass keiner mehr gross ist? Dass wir die Berge – ich sehe bei Einsamkeit immer die Berge und einen, der fernab von den andern, ohne jeden, dort geht; nie allein! –, dass man diese Berge nicht mehr braucht, sie nicht mehr benötigt? Benötigen-Not. Wir sind nicht mehr einsam. Von diesem Entsetzlichen sind wir befreit. Wir sind allein. Allein ist man unter den Vielen. Es ist etwas anderes, als jenes. Ob es entsetzlicher ist, will ich nicht wissen; auch nichts über die Grössen der Not. Sicher, man kann das alles auch anders sagen, die Begriffe, den Gegensatz schärfer formulieren. Aber vielleicht trifft es auch so.

Thema zur Wahl

Die Geschichte, die ich erzähle, ist, das weiss ich, keine neue Geschichte, sie ist schon oft erzählt worden, so oder so, ich kenne sie aus der Literatur; mir ist sie aber passiert. Der Weg allein zurück, war das Schlimmste. Ich will versuchen, alles so einfach und sauber zu erzählen, als wäre es eine Aufgabe fürs Gymi. Vielleicht stellt uns der Bächtold demnächst wieder ein Thema zur freien Wahl, dann kann ichs vielleicht gleich noch gebrauchen! Ich würde es natürlich etwas heben im Stil, mit Tiefgang ins moralisch-psychologisch Charakterologische hinein; er mag das noch. Das hier schreibe ich vorläufig nur für mich. Wir sind beide schon wieder seit einer Woche mit den Eltern aus Celerina zurück, und ich mache mit Markus (das ist mein Bruder, wir sind Zwillinge), noch eine Minitour in die Berge. Wirklich nichts Besonderes, weil es der letzte Ferientag ist, keine Kletterei, oder so. Ein mittlerer Spaziergang, — Schulreise für die untere Stufe, würde ich dem sagen. Wir haben einfach Lust, schnell vor Schulanfang noch etwas mit unseren langen Beinen zu tun. Um sechs müssen wir wieder zu Hause sein: Bedingung von Papa; er will uns (manchmal sind wir sein Ausstellungsobjekt für gelungene Zucht), einem Studienkollegen aus USA, Connecticut, präsentieren, Professor, den Namen habe ich vergessen: Hals, Ohren, Nase; das weiss ich noch; Ohrengrübler, sagen wir dem. (Das wird im Leben nichts für Bächtold! der nimmt mir das im Traum nicht ab.) Trotzdem. Es ist vier Uhr morgens, und ich schreibe im Bett, bei abgeblendetem Licht; der Markus pfust (für Bächtold: schläft), vis-à-vis, wir haben immer noch ein gemeinsames Zimmer zum Schlafen, Platz wäre genug im Haus, der Markus also schläft mir gegenüber und merkt nichts. Drum weiter (er ist ja schliesslich die Hauptperson in meinem Bericht): Den Anstieg durch den Wald, das Dörfchen – Bergdörfchen, das klingt! –, die Alpen, Alpwiesen und Kühe, das querheranhopsende Kälbchen, bis es vor uns stand, übergehe ich hier; kommt evtl., falls die Geschichte doch noch passt, für den Bächtold in Betracht. Der Markus nun also, er spaziert vor mir her auf dem gut sichtbaren Strich durch die lächerlich einfache Geröllhalde, und ich schau sogar mehr in den übertrieben blauen Himmel hinauf oder gegen die Berge, so simpel ist der Weg. Da dreht sich der Markus um und fragt mich oder sagt mir etwas, ich verstehe nicht recht, was; er hat wieder diesen merkwürdigen Blick in den Augen, einen Stich Silber im Blick, würde ich sagen, wie er ihn oft in den letzten Wochen hat, seit der Geschichte mit der Elfie, dem Biest. Es sind übrigens meine eigenen grauen Augen, die er hat (das muss für den Bächtold stilistisch etwas besser gesagt sein; vorläufig gehts), wir sind Zwillinge und sehen uns ähnlich bis auf den Nabel genau; ich momentan ohne den Stich Silber im Blick, von dem ich sprach, ich hatte ja keine Geschichte mit der Elfie, dem Luder, dem Biest! Er, der Markus, sagt also etwas, kehrt sich wieder nach vorn, rutscht mit dem rechten Fuss aus, winkt, wirbelt ein wenig mit den Armen durch die blaue Luft, ruft oder flucht aber nichts, er gleitet einfach sanft über die Halde ab, kommt dann ins Rollen, versucht sich zu halten, schreit nun doch, glaube ich, etwas oder ruft; und ich!

sehe einfach zu, was sollte ich denn anderes machen! ich sehe auch den Felsabsturz: nicht hoch, sechs oder sieben Meter, scheint mir, ich kanns nicht genau schätzen von hier, aber schliesslich genügt das, was soll ich denn tun! Er, der Markus (und er ist ja nicht nur mein Bruder, er ist mein Freund), sinkt jetzt, ich hatte den Eindruck, sanft, lautlos auf jeden Fall, über den Felssturz hinunter, und dann ist er verschwunden; weg. Ich weiss jetzt wirklich nichts mehr. Totales Blackout; bis zu dem Moment, wo ich (ich weiss auch nicht, wie ich dorthin kam!), bis ich neben oder über ihm stand. Er liegt auf einem schmalen Felsband, der verkrüppelte Baumstamm, an dem ich mich: doch! – über ihm klammere, hat ihn aufgehalten, gleich dahinter, das sehe ich jetzt, gehts tiefer und tiefer. Er liegt mit offenen Augen und sieht mich an. Sagt nichts. Hast du noch Schnauf? Idiot! frage ich. Er antwortet nicht. Ich umklammere noch fester meinen Baum, greife mit der freien Hand seinen Arm, will ihn hochziehen, er rührt sich nicht. Schweigt, sieht mich an. Sonst kein Blut, nichts. Ich sagte bereits, der Rückweg allein war das Schlimmste für mich;

aber das ist nicht wahr. Was ich jetzt überlegen und entscheiden musste, war schlimmer: ihn allein lassen! war schlimmer. Hinaufbringen konnte ich ihn nicht. Ich sagte es ihm; er nickte; wenigstens das: er verstand. Ich zog mir den Gürtel aus der Hose, schob ihn unter dem seinen durch, um den Baumstamm herum, und führte den Riemen durch die Schnalle, machte zur Sicherheit mit dem überstehenden Ende noch drei festsitzende Knoten, Leder um Leder. Als ich wieder hinaufkletterte, mich noch einmal zu ihm drehte, hatte er den Kopf gewendet und sah mir nach: er hatte wieder das Silber im Blick. (Elfie, das Biest!) Und dann lief ihm doch Blut jetzt aus dem Mund, vom linken Mundwinkel herab übers Kinn. Und das zu sehn war, will ich sagen, schrecklich. Bis ich wieder oben auf dem Weg stand, war, schlicht gesagt, ein Chrampf (für Bächtold: beachtliche Leistung). Von dort ging ich natürlich nicht eben langsam zurück; ich schnaufte und in der Brust tut es mir weh, und dann kamen mir Leute entgegen, und ich wusste nicht, wem ich wo dafür danken sollte, und als sie mich daherlaufen sahen, hielten sie schon von weitem an, und ich erklärte ihnen alles, und sie hörten mir zu und sahen mich an, und dann sich, ich weiss nicht mehr, wie wars. Ich lief weiter, die Leute hatten den Kopf geschüttelt und kamen nun hinter mir her, mit mir zurück. Ich blieb stehn, sie auch, da lief ich weiter. Später sah ich sie nicht mehr; ich lief ja sehr schnell. Nach einer halben Stunde (Uhrzeit!), war ich unten im Dorf. Ich schlug Alarm. Zuerst beim ersten, der vor mir auf der Strasse ging, einer mit einem Eimer, er wollte zum Brunnen, offensichtlich verstand niemand mehr, was ich sagte, und ich war stumm, und ich hörte mich doch reden, oder gab ich doch keinen Laut? so scheint es mir wenigstens; denn auch die andern, an die ich mich wandte, schauten mich an, standen eine Weile und hörten mir zu und gingen an ihre Arbeit zurück oder weiter. Schliesslich, endlich! hab ich denn alles vergessen, wies kam? ging ich zwischen drei Männern, sie rauchten und unterhielten sich, und wir stiegen zusammen den Alpweg hinauf, den ich gekommen war. Schnell. Schneller, bitte! Als wir zu der Stelle kamen, sie hatten Seile dabei, und wir umgingen vorsichtig den Felsen, sie kannten sich aus, kletterten dann nach oben, als wir zu der Felsbank kamen, wo Markus gelegen hatte, wo ich ihn zurückgelassen hatte, war sie leer, und die Männer sahen mich an und nickten sich zu. Aber da war der Gürtel am Baum. Ich nahm ihn in die Hand. Da war nichts gerissen, auch die Schnalle perfekt; aber sie und meine Knoten waren säuberlich geöffnet, gelöst. Ich schaute über den Felsen hinunter; er ging dort senkrecht noch über gut fünfzig Meter in die Tiefe. Wir sahen ihn unten liegen; Beine und Arme gekrümmt. Wir sagten nichts, der eine, glaube ich, sagte: o verflucht! und jeder stieg hinter dem andern wieder zurück und nach oben. Am Rand des Wegs sass er dann und kaute an der Wurst, die er vorhin abgeschält hat. Er schaute mich an aus seinen grauen Augen (es sind auch die meinen; aber bei ihm sind sie seit einigen Wochen silbergrau!), biss in die Wurst. Wo warst du eigentlich solange? fragt er und kaut. Ich setze mich neben ihn. Das tust du nicht! habe ich zu ihm gesagt – oder habe ich jetzt gebrüllt? –, nicht wegen der! Aber der Markus schläft. Ich schau mich um, die Männer sind fort, einfach verschwunden, weg. Geschichte!

Er schaut zurück (wir sind Zwillinge, ich habs schon mehrmals gesagt): Ehrenwort, sagt er, nein. Wegen der Elfie? nie. Das Silber in seinen Augen! Markus, rufe ich – doch! ich habe es gebrüllt! –, und ich rüttle ihn aus dem Schlaf. Er reibt sich das Haar von der Stirn, ist sofort wach: präsent. Wie spät? fragt er und stützt sich etwas auf im Bett. Er schaut mir genau ins Gesicht (er wird Doktor, wie Papa.) Hast du geschrien, fragt er. Vier Uhr, sage ich. Dann schlaf weiter, sagt er ruhig. Und hab keine Sorge. Wegen der Elfie? Ehrenwort, nie! Wir wollten ja heut auf den Berg, erinnert er sich, übermorgen geht die Paukerei wieder los. Schreib das auf deinem Block noch zu Ende. Dann stehen wir auf, sind mäuschenleise, Vater hatte einen Notfall heut nacht, und gehn, und kommen noch zurecht zum ersten Zug. Aber schreib erst zu Ende, fügt er hinzu. Ich tus; die Finger sind mir schon lahm. Für Bächtold wird das nichts.

Müssen, was man soll

Und überhaupt, das Schiff kann mir langsam gestohlen bleiben, es versinkt und versinkt nicht hinter dem Horizont, anderseits hat es wahrscheinlich gar nicht die Absicht, dort zu versinken, es steht. Das Meer dazwischen kommt oder geht, ist blau oder grün, grün oder blau, vielleicht beides gemischt, macht Wellen und Schaum, rauscht gegen den Strand (sagt man dem), und geht wieder zurück, und so weiter. Ich liege unter meinem Schirm im Schatten im Sand, blinze an der Sonne vorbei in den milchigen Himmel und wieder und wieder zu meinem Schiffchen dort hinten in der Ferne, dem magischen Ziel: es hat zum Punkt zu werden! endlich zu versinken, hinter dem Horizont zu versinken, wie sich das so gehört, und es tut es nicht, es steht. Ich denke. Eigentlich denke ich an nichts; obgleich es das, wissenschaftlich nachgewiesen, gar nicht gibt, also denke ich an meinen Wagen, der bestimmt an einem verbotenen Platz parkiert steht, dort hinten im Ort, Belladolce heisst er, oder irgend so, der Betrag auf dem Bussenzettel wird demnach sein. Ich denke also an nichts Besonderes, d.h., ich denke eigentlich dauernd daran, deswegen bin ich ja hier unterwegs, man kann das Gewesene nicht einfach abstreifen wie die Haut von der Wurst, und auch das geht manchmal schon schwierig genug. Ich hatte ihr gesagt, dass sie mir seit einiger Zeit sehr, wenn nicht sogar heftig auf die Nerven gehe; sie bestätigte mir dasselbe, was sie betrifft, von mir; ich schlug ihr (für sie allein, versteht sich) einige Wochen Aufenthalt am Meer vor, das beruhigt die Nerven, die meinen zumindest, und da bin ich nun. Und sehe mich um und warte auf das Schiff. Dass es versinkt, endlich dort hinten versinkt. Der kleine Junge, der mir den Schirm brachte, ihn über mir aufspannte und kassierte, ist hübsch, er ist ausserordentlich hübsch, mehr als das, sein Gesicht ist gescheit: braun, schmal, klein und gescheit; mit blitzschnellen Augen und einem ernsten Mund. Er gleicht etwas meinem Sohn, er hat in seinem Alter so ausgesehn. Ich bin einer der wenigen Gäste hier am Strand, es ist Vorsaison und noch früh am Tag, und das Belladolce, oder wie es nun heisst, vielleicht sowieso nicht so sehr berühmt. Der Junge, er ist ungefähr siebenjährig, vielleicht zehn, man kann das in diesem Land nie so recht wissen, streicht zum dritten Mal vor mir vorbei, zwischen mir und dem Schiff, – dem Schiff, das nie und nimmer versinkt! Beim vierten Mal steht er mir sogar davor, direkt in meiner Blickrichtung steht er; davor; und dass mich das nicht ärgert, ist ein Wunder und spricht für ihn und für mich. Ich bin jähzornig; das weiss meine Frau. Der Junge zieht am Saum seines gestreiften Trikots, es hat übrigens mindestens halb soviel Löcher als Trikot, und ich warte, denn etwas will er ja wohl. Dann ist er hinter mir und verschiebt ein wenig den Schirm; er hat recht, die Sonne sticht mir bereits auf den Kopf, sie ist trotz der Morgenstunde schon heiss. Er murmelt etwas; wahrscheinlich will er Geld. Aber ich habe eine Schwäche für hübsche Menschen mit ernstem Gesicht. Das ist mir schon oft zum Verhängnis geworden, beispielsweise bei meinem Sohn. Meine Frau hingegen ist nur hübsch; und das hab ich davon! Mamma malata, sagt man jetzt deutlich hinter mir, in einer zögernden, etwas heiseren Stimme; das will heissen, seine Mutter sei krank. Weshalb aber sagt er das gerade mir! Kinder haben doch im allgemeinen noch keinen Röntgenblick. Ich greife hinter mich und zieh ihn am Arm vor mich hin. Mamma mia malata, wiederholt er, Dottore kommt nix. Ich frage und dann, das ist nun mal so in meinem Beruf, oder, um bei der Wahrheit zu bleiben, zumindest in diesem Fall, erkundige ich mich genau. Wir verständigen uns fliessend: was er nicht versteht, gackere ich Italienisch, was ich von ihm nicht verstehe, ist vielleicht Deutsch. Und dann bin ich im Bild. Ich werde verlangt. Obgleich ich seit dem Unglücksfall nicht mehr praktiziere (ich gehöre nicht mehr zur ganz jungen Generation); ich werde verlangt. Kannst du hier weg? frage ich, d.h., ich mache eine fragende Gebärde um mich her über den Strand. Er versteht sofort, pfeift durch die Finger und ein Kollege erscheint hinten bei der Hütte, mein Junge weist auf ihn und auf sich und nickt. In Ordnung, wir gehn. Noch einen Blick auf mein Hoffnungsschiffchen vor mir, dort in der Ferne über dem Horizont: es schwebt (so sagt man doch?); also es schwebt!

über dem Horizont. Von Versinken noch keine Spur. Ich bleibe den Tag über bei mamma mia und auch die ganze Nacht. Man ist in Italien oftmals sehr arm. Soviel Armut wie hier, sah ich noch nie. Die Welt ist ein Elend. Manchmal denk ich, ich bring keinen Bissen Brot mehr herunter. Und dann lebt man doch, wie man lebt; weiter. Bei Sauce und Kuchen und Wein. Der Junge weicht nicht von meiner Seite; eigentlich sieht er mich immerzu an. Mamma mia wird nicht lange mehr leben, mein Kind. Was mach ich mit dir. Hier ist niemand sonst, der sich um dich kümmert, ich hab dich gefragt, alles sehr düster, du bist sozusagen allein. Und mamma mia war sicher lauteres Gold. Am Morgen ist die akute Krise vorbei. Bis wann? Ich muss zum Wagen, sehen, ob er noch steht, ich muss mir ein Hotelzimmer besorgen, ich muss –. Kommst du rück? fragt mich der Junge. Ich sage, ja. Und ich weiss, dass er keinen Moment zweifelt an dem, was ich verspreche. Als ich am Strand vorbeigehe, steht das Schiffchen (mein Hoffnungsschiffchen!) immer noch über dem Horizont. Aber nun ist es bestimmt ein anderes. Am Auto steckt der Bussenzettel. Sonst ist alles perfekt. Was mach ich mit dir, mein Kind?

Fang mich

Als ich Monika vom Büro abholte, sagte sie zu mir: Du bist doch der traurigste Halunke, der mir in meinem Leben je unter die Augen gekommen ist; nun weiss ichs, sagte sie: du schläfst mit der Anne, du schläfst mit Lis Keller, mit der Margot schläfst du, der Dublanc und mit der Jeannette Staub, und du schläfst auch —. Bring doch deinen Satz zu Ende, antwortete ich: und du schläfst auch mit mir, wolltest du sagen, und jawohl! es stimmt, kann ich dir antworten: du hast recht, es ist nichts als die Wahrheit, nur die Wahrheit, was man dir hinterbrachte, — und was dann der Unterschied sei, willst du wissen, zwischen dir und der Lis, der Susanne, der Staub, zwischen euch allen, das willst du mich doch nun weiter fragen und von mir wissen, nicht? und: keiner! muss ich dir sagen, es ist keiner! kein Unterschied zwischen euch allen, ihr seid mir jedes für sich und zusammen-miteinander wie Kraut und wie Rüben, wie Speck und Salat, ihr kotzt mich an, alle! Habe ich dich schon jemals angekotzt? fragte mich Monika leise und schaute mich an. Und das presste mir eine Sekunde lang die Zunge gegen die Kehle, so dass ich glaubte, keine Luft mehr zu bekommen, so wie bei einem gezielten Schlag in den Magen. Pass auf–! das Auto! schrie ich und riss sie zurück Ach? fragte sie, und sie schaute mich wieder an; nein, lass bitte die Hand von meinen Hüften, ich stehe jetzt wieder fest; und: komm! sagte sie, wir müssen endlich über die Strasse; steh nicht wie ein Esel, du Ochs. Im Kino, danach, verhielt ich mich bräver als brav, und sie sass steif neben mir, als ob wir verheiratet wären, und während der Pause, bei Licht, trauten wir uns schon nicht mehr, uns in die Augen zu sehn: es war aus. Als ich nach Hause ging, allein, ich hatte sie noch an die Haltestelle gebracht, als ich zur Ecke beim Augustiner kam, wusste ich plötzlich alles. Ich drehte mich um und fing an zu rennen. Ich rannte! rannte, und ich wusste, ich lief um mein (um unser!), Leben. Bitte –, es soll mich jetzt keiner fragen, was ich in diesen Minuten, in dieser halben Stunde, bis ich vor dem Hause stand, in dem sie wohnt, dachte und vor den Augen sah. Ich bin ein guter Läufer; ich trainiere fast täglich über Mittag oben im Wald; aber ich hatte kein Blut mehr in den Adern, als ich unten die Glocke drückte und schellte, dass die Fenster im Haus oben sofort hell wurden, man sie aufriss: was denn um Himmels willen!, und ich war ausser Atem, ich wusste nur noch das eine, und nur das: ich rief ihren Namen – ich habe auch als Kind nie geweint, ich weinte jetzt; ich heulte, eine ganze Kindheit heulte ich mir aus dem Leib, es lief mir nass über die Wangen zum Mund. Bist du denn nun ganz verrückt geworden? fragte sie still hinter mir. Ich bin ja noch gar nicht oben; oder denkst du, ich kann nach dem, was war, gleich schon nach Haus? Und mach doch nicht so einen idotischen Lärm. Die Leute denken sonst wirklich noch, wir seien miteinander verkracht. Was ist denn jetzt plötzlich in dich nur gefahren? fragte sie nachdenklich und tippte mir mit dem Zeigefinger an die nasse Stirn. Oder hast du vielleicht doch etwas gemerkt? Ich wurde auf einmal sehr ruhig, und ich dachte lange und genau, und dann sagte ich: Ja. Ich habe etwas gemerkt. Und ich sagte: Wenn ich jetzt ganz rasch weggehe, mich nicht umdrehe, treffen wir uns morgen abend, wie immer, vor deinem Büro? Wie immer wohl nicht, sagte sie. Aber wenn du noch nicht unten stehst, warte ich auf dich. Und bitte, wenn du jetzt gehst, geh langsam, langsamer, als du gekommen bist; bitte, ja –?

Einen Brief schreiben

Sehr verehrter Herr Gemeindepräsident,

ich weiss, Sie werden erstaunt sein, dieses Schreiben von mir zu erhalten, und ich weiss auch, Sie werden noch verwunderter sein, wenn Sie es zu Ende gelesen haben, und fragen: was will eigentlich der Mensch. – Dass ich ein Fremder hier im Dorfe bin, ist mir bewusst, auch dass ich immer ein Fremder bleiben werde, selbst wenn ich noch mehr als zwanzig Jahre hier leben sollte; aber so lange lebe ich bestimmt nicht mehr: mein Alter, mein Gesundheitszustand, mein Leben und mein Vorleben sind Ihnen ja aus meinen Akten her bekannt. Ich werde also immer ein Fremder sein. Der Grund, weshalb ich heute Ihnen schreibe und was mir geschah (und dessen Geringfügigkeit und die Bedeutung, die ich ihm beimesse – für mich! –, Sie eben verwundern wird), war dies: ich ging letzte Woche (Donnerstag) wie immer zu meinen wöchentlichen Einkäufen hinunter ins Dorf. Als ich den Laden betrat, stand dort schon

Briners Leni vor mir am Tisch und füllte gerade ihre gekauften Sachen in ihren Korb. Neben Briners Leni nun, Herr Gemeindepräsident, stand eine Dame. Es war eine Dame! in glänzendem schwarzgrauem duftendem Pelz. Sie duftete nach einem Parfüm, wie ich es noch aus der Stadt her kenne: die Frauen meiner ehemaligen Bekannten benutzten es dort; ich glaube, die Briner Leni könnte für den Preis eines Flacons dieses Parfüms einige Wochen lang leben. Aber deswegen schreibe ich Ihnen ja nicht, verehrter Herr Gemeindepräsident. Vor dem Laden stand übrigens eine hellgraue Limousine, ein Herr sass am Steuer, durch die Seitenfenster sah ich zwei Kinder. Sie warteten auf die Dame im Laden. Ich werde nie wissen, was sie dort kaufen wollte, Herr Gemeindepräsident, und damit komme ich endlich zur Sache! und diese war so: der Peter Stüssi hinter dem Ladentisch schaute dem Briner Leni ruhig zu, bis es all seine Ware eingepackt hatte, und das ging lange, sehr, sehr lang, und ich merkte, die Dame neben mir (ich weiss ja nicht, wie viel Zeit sie schon vor mir da war und stand) wurde auch bereits unruhig. Das Briner Leni, Sie wissen, ist ja schon etwas eine Langsame. Und der Stüssi stand und stand und stand und schaute ihr zu. Dann war sie aber doch fertig geworden. Und der Stüssi, wie er ist, nicht wahr, er brachte sie, sie hatte die Arme immerhin einigermassen bepackt, zur Tür und machte sie vor ihr auf und hinter ihr zu. Und jetzt kommt die Kleinigkeit, Herr Präsident, derentwegen ich Ihnen schreibe, die Geringfügigkeit, über die Sie lachen, vielleicht schmunzeln werden, – tun Sie nur dies! – jetzt wandte sich der Stüssi nicht etwa an die Dame, die ja schon (vielleicht lange schon) vor mir im Laden gestanden hatte und wartete, sondern er, der Stüssi, stupfte mich im Vorbeigehen gegen den Arm, zwinkerte mit beiden wasserhellen Augen mir zu und, Herr Gemeindepräsident! er sagte zu mir nicht Herr Gewesener, wie man mir im Dorf immer sagt, Sie wissen ja, was man damit meint, – er sagte: Herr Gmür (wie ich wirklich heisse), – etwas früher als sonst? fragte er, und er zwinkerte wieder, und: ha mer eigetli Sunntig oder Werchtig? fragte er und zwinkerte noch einmal heftig; er nahm mir den Zettel aus der Hand und begann die darauf von mir notierten Sachen aus den Gestellen zu holen und vor mich auf den Ladentisch zu stellen. Die Dame, Herr Gemeindepräsident, war für ihn parfümierte Luft. Ich spürte ihren Zorn aus dem Silberfuchs neben mir geradezu knistern, und dann hörte ich die Ladentür hinter mir schmettern, kurz danach die zweite Tür draussen, das gedämpfte Surren des angelassenen Motors (es war ein teurer Wagen!), und das Weggleiten von Rädern. Und der Stüssi holte sein mächtiges Taschentuch hervor und wedelte damit erst vor seiner, dann vor meiner Nase. Herr Gemeindepräsident! ich weiss, das alles war und ist ungerecht; auch der zwinkernde Blick des Stüssi, der Stupf gegen meinen Arm, auch das Zucken um seine Lippen: die Dame war schliesslich vor mir da. Ich weiss auch, und ich betone es vor Ihnen noch ein weiteres Mal: das ganze ist und bleibt eine Lappalie, und Sie haben weit anderes zu tun, in und neben Ihrem Amt, als meinen gescheiten Brief hier zu lesen oder in meinen Akten zu studieren, und darum danke ich Ihnen für Ihre Geduld, wenn Sie mit Lesen überhaupt bis hierhin kamen. Aber sehen Sie, ich musste! Ihnen das schreiben, ich musste Ihnen das sagen; verstehen Sie doch! nur an Sie konnte, durfte ich mich damit wenden. Sie sind, so zu bezeichnen, der Bevollmächtigte dieses kleinen Staates hier. Ich werde immer und ewig, d.h., ich werde solange ich lebe, ein Fremder sein. Aber seit diesem Donnerstagmorgen, der Dame, dem Briner Leni und dem Stüssi (ich weiss, es war alles nicht recht und ging nicht ganz nach der Ordnung, die Dame stand vor mir im Laden), seit dem Stupf gegen meinen Arm, dem Zwinkern des Stüssi, seinen wasserhellen Augen, und eben all dem, was so gar nicht ganz in der Ordnung war, seit jenem Donnerstagvormittag also (es war halb elf Uhr), Herr Gemeindepräsident, fühle ich mich irgendwo, und das, das! wollte, musste ich sagen, fühle ich mich irgendwo wieder zuhause. Daheim und zuhause. – Vielleicht verstehen Sie jetzt einiges von dem Gewesenen, von den ungefähr sechzehn Jahren, die ich hier nun bei Ihnen im Dorfe lebe, und von der Vergangenheit auch. Vieles lässt sich eben einfach nicht sagen, und man kann nicht alles vom anderen wissen. Vieles ist manchmal auch etwas verschieden von dem, wie es sich der andere so denkt.

Ich werde immer ein Fremder sein. Ich lebe gerne hier. Ich weiss doch nicht, ob ich den Brief abschicken soll. Der Schluss ist mir etwas anders geraten, als ich ihn mir dachte, ich wollte sagen, ich wollte danken, ich, es ging anderswo hin.

Souvenirs (zwei Mal)

Im Winter fuhr ich mit der Luftseilbahn auf den Berg. Ich glaube, Januar. Es war mässig kalt, der Himmel wolkenlos, der Schnee blendete scharf, es konnte bald Mittag sein. Ich ging auf der gepfadeten Strasse. Hin und wieder begegnete ich einem Spaziergänger, viele Leute waren nicht unterwegs, es war an einem Werktag. Die Strasse war gesplittet, manchmal aber doch rutschig, man musste schon aufpassen. Von den Bäumen tropfte schmelzender Schnee. An einer Biegung des Weges versuchte ich es. Vor mir das ebene weisse Feld bis weit hinüber zum Wald. Ich tat zwei Schritte, der Schnee hatte sich gesetzt und trug. Dort, wo ich über die vereiste Böschung eingestiegen war, das sah ich jetzt, war schon jemand vor mir gegangen. Ich sah Fussstapfen auf der Fläche des Schnees. Ein einzelner Gänger. Die Stapfen lagen ziemlich weit voneinander, die Grösse der gerippten Sohlen war ungefähr die meine, das Relief exakt geprägt. Der Mann konnte noch nicht lange vor mir hergegangen sein, die Spuren im Schnee waren noch kantig und hart, es funkelte und sprühte in ihnen blau. Ich beschattete die Augen, vor mir war niemand. Der Schnee knirschte leise unter meinen Schuhen, als ich ging. Ich folgte den Spuren. Kein Wind. Sonne. Himmel. Blau. Ringsum der Schnee. Ich dachte damals über verschiedenes nach. Genau weiss ich nicht mehr, über was alles. Aber ich weiss, dass ich mit meinen Gedanken nicht dort war, wo ich ging. An das schwarze tropfende Hüttendach erinnere ich mich noch, manches bleibt einem im Sinn. Ich hielt den Kopf wohl gesenkt, das ist meine Art. Dann blieb ich stehen. Und es mussten einige Sekunden vergangen sein, bevor mir zum Bewusstsein gekommen war, weshalb ich stand und um mich schaute. Die Gegend hier kannte ich, im Sommer, im Winter. Die Hütte mit dem tropfenden Dach lag längst hinter mir. Bis zum Wald drüben waren es noch gut zwanzig Minuten. Dort führte der Weg, den ich verlassen hatte, weiter. Die Schneefläche, worin ich stand, reichte bis zu ihm. Dazwischen nichts. Keine Scheune, kein Gebüsch, Baum oder Unterstand, nichts. Nur vor mir die weisse nun unberührte Fläche des Schnees. Denn die Fussstapfen, denen ich bisher, in meine Gedanken versponnen, gefolgt war, hörten auf. Der linke Fuss war noch in den Schnee gesetzt worden. Dann nichts mehr. Keine gewendeten Schritte. Die Spur endete hier. Ich blieb eine Weile stehen, und ich schaute mich um und um. Ich schaute auf diesen letzten Stapfen im Schnee, auf das jetzt leere weisse Feld vor mir. Für einen Moment wurde alles sehr still, ich wusste nicht, was nun geschehen würde. Dann drehte ich mich um und ging die Richtung, die ich gekommen war, zurück. Erst langsam, dann sehr schnell. Ich kann nichts dazu sagen. Ich habe keine Erklärung. Ich habe niemandem erzählt davon.

Das andere war dann im Sommer. In einer mittelgrossen oberitalienischen Stadt. Ich fuhr, von den Seen her kommend, auf der Hauptstrasse gegen das Zentrum hin ein. Ich war zum ersten Mal in dieser Stadt. Die Lichtsignale, die Einmündungen der Strassen, die Kreuzungen wurden bald komplizierter, unübersichtlich. Vor mir fuhr eine schwarze Limousine, ein altmodischer Typ, mit sehr hohem Heck, spiegelblankglänzend in der grellblendenden Sonne. Durch das Heckfenster sah ich den Kopf des Lenkers, seine behandschuhten Hände am Steuer. Er fuhr, wie man fährt, wenn man sich auskennt in der Stadt. Ich blieb auf seiner Spur. Er hielt, fuhr weiter, schwenkte aus, umkreiste den Platz. In der Ferne sah ich die Kuppel des Doms, mein Ziel, wir näherten uns ihm, ich blieb hinter dem Wagen. Dann bogen wir nach links, wechselten die Strasse, und wieder nach rechts, sehr nahe nun schon, über den Häuserreihen, der Dom. Das Seeufer. Die Strassen wurden enger. Wir fuhren langsamer, ein Umleitungsschild, in einer scharfen Biegung der Gasse sah ich eine Sekunde sein Gesicht, es war etwas zu tief über das Steuer gesenkt, es befremdete mich auch, dass es lächelte. Ich durfte hier nicht mehr wenden, wollte bereits zurück, denn ich merkte, dass ich nicht mehr in die Richtung fuhr, in die ich musste. Wir kamen zwischen Baugelände, die Fahrspur wurde noch enger, wir fuhren vorsichtiger, er immer langsamer vor mir her. Es war werktagmorgens, doch die Baustelle war leer, es wurde nicht gearbeitet. Ich suchte nach einem Platz zum Kehren. Da war die Strasse an einer fensterlosen Mauer zu Ende. Der Wagen hielt, die Türe öffnete sich, der Mann stieg aus, er kam lächelnd mit hängenden Händen auf mich zu. Aber schon hatte ich die hinteren Räder tief ins lehmige Gelände getrieben, der Motor zog an, und ich raste, den eisigen Griff im Nacken, zur Stadt zurück. Ich war fremd, der Polizeimann, der mich stellte, liess meine Entschuldigung nach einigem Zögern gelten. Als ich auf den Platz beim Dom einfuhr, glitt von der anderen Seite her langsam die schwarze Limousine mir entgegen. Der Mann hinter der Scheibe hielt den Kopf tief über das Steuer gesenkt. Er beachtete mich nicht. Ich konnte auch sein Gesicht nicht sehen, als wir uns kreuzten. Ich trat rechtzeitig auf die Bremse. Ich überfuhr das Kind nicht, das jetzt plötzlich direkt vor mir nach einer entrollenden Münze sprang und sich bückte.

(Ohne Überschrift)

Es ist eine Stadt, in der ich jetzt gehe; aber ich kann dir nicht sagen, was für eine Stadt es ist; auch nicht, woher ich sie kenne oder wann und weshalb ich je einmal in sie gekommen bin. Die Häuser in der Stadt sind alt, mit Giebeln, mit Erkern, mit Toren; ihre Fassaden sind eigentümlich verschoben, verzerrt. Etwas Morsches, etwas Zerbröckelndes rieselt an ihnen nieder. In der Luft ist ein süsslicher Geruch; wie von Verwesung. Die Sonne muss im Niedergehen sein: denn aus stahlblauem Himmel bricht, flutet, düsteres glutrotes Licht und erfüllt alles. In der Strasse, durch die ich mich bewege, ist lautloser Verkehr. Die Passanten kommen und gehen. Sie gleiten schweigend an mir vorüber ohne dass ihre Gesichter oder ihre Gestalten mir deutlich sind. Doch ist dauernd ein Raunen und Reden um mich her; aber es klingt dumpf; unter dem Boden, unter der Erde hervor. Schwerelos, fast schwebend, werde ich unaufhaltsam vorangetrieben. Und mir ist, als sei hier in diesem Ort, in dieser Stadt, vor undenkbar langer Zeit etwas Grauenhaftes an mir geschehen, und eine schwere Beklemmung fasst mich, vor etwas Drohendem, das jetzt gleich kommen wird. Ein Gefühl, du sollst es wissen, der Bangigkeit, des Ausgesetztseins, der restlosen Fremdheit. Noch ist es so, als aus dem Menschenstrom, der mir entgegenzieht, eine Gestalt aufwächst. Ihr Gesicht ist in Dunkel gehüllt. Und während ich schon weiss, dass dieses mir gilt, spüre ich ihr unkennbares Antlitz bereits auf mich gerichtet und höre wirre und fordernde Laute von ihr dort zu mir herüberdringen. Ich ducke mich, um entlang der Häuserreihe in der Menge unterzugehen, da ist sie schon an mich herangeglitten, und jetzt, kleiner als ich, zwergenhaft, lastet ihr Kopf unterhalb gegen meine Brust. Ein Gesicht schaut zu mir auf, die Augen jäh geöffnet, Frage, Entsetzen im Blick. Ich sehe, wie die Gestalt sich von mir löst. Wieder scheint sie zu wachsen, sie steht für einen Moment riesenhaft gegen den glühenden Horizont. Dann höre ich von neuem das Raunen und Murmeln der Menge, und alles blasst. Es öffnet sich ein leerer Raum. Und durch ihn beginnt sich die Gestalt vornüberzubewegen, langsam, in eigentümlich hinkendem, taumelndem Schritt. Ich aber kenne, weiss, was nun kommen muss; wird; und es geschieht: Aufkrümmt sich die Gestalt, hält sich noch, schwankt, schwebt, dann, indem sie sich wendet, um sich selber dreht, bricht sie zusammen und schlägt rückwärts nieder auf den Stein. Ich stehe vor ihr. Ferne ist zwischen uns. Zurückgewichen die Passanten. Kaltes graues Licht nun der Raum; überdeutlich unter mir die liegende Gestalt. Ich stehe, und meine ausgestreckte Hand zeigt hinab auf den Gestürzten.

Allenwinden

Sechzehn Jahre; Geburtstag gestern; Sommer; der Falter blau, fast ein winziges Insekt nur, unten über dem Bach, jetzt hier bei mir über der Wiese, wo ich liege, verschwunden, zwischen den Gräsern dort wieder, um eine Blume, öffnet, schliesst seine Flügel, Köpfchen tief nach vorn, trinkt, nun an meinem Gesicht, da sitzt er auf meinem Mund! ich bleibe ganz still, verhalte das Atmen, spüre es auf meinen Lippen tasten, suchen: eine Sekunde, drei; dann ist es vorüber: der Falter steigt hoch; die Sonne hat ihn verschluckt. Aus der Ferne Glocken: dort weiden Kühe; von der unbewaldeten Kuppe über mir das Gebimmel der Klosterkirche; weiter nichts: Wärme, Himmel; Licht. Ich stehe auf, steige wieder bergan; oben beim Kloster mache ich Halt, sitze auf der Friedhofsmauer, den Rucksack unter den Knien. Eine Nonne läuft dort zwischen den Gräbern, eine hohe, weisse Gestalt. Sie beachtet mich nicht; denn: warum auch sollte sie das? Aber ich: ich sehe sie genau; wandle doch! wandle: Wandeln, sagt man dem. Vor einem offenen Grab bleibt sie stehen; sie bemerkt mich jetzt: bemerkst mich also doch! Blitzschnell trifft mich ein blauer Blick. Ich kehre mich ab, schaue in den Himmel: mich frisst du nicht! Grab ist Grab, und Grab bleibt Grab. Schon einmal vor kurzem gesehn, auch erst offen, dann zu, nicht so vornehm gelegen wie hier dieses, ohne Aussicht; aber Grab ist und bleibt Grab; soll eine Platte übrigens darüber später? oder ein Stein? das ist noch zu bedenken; etwas mitreden wird man mich dabei auch ja lassen. Ich kaue meinen Käse, mein Brot, meine Wurst, packe dann zusammen und wandle, – ich wandle! über den Platz, gehe durch das geöffnete Tor, ziehe neben dem Schiebefenster die Klingel: man bekommt hier ein kleines nicht allzu übles Gebäck: wenn dus bezahlst, umsonst gibts dir auch das Kloster nicht; wie wirs in der Klasse nennen, das Küchlein, meine ich, den Happen, sage ich lieber nicht; ein andermal. Die Pforte steht offen, drin in der grossen Halle ist es kühl, es riecht nach Frischgeputzt, weiter hinten nach Keller und verwittertem Stein und Gebälk. Aber alles bleibt still. Ich probiere es noch einmal vorn an der Glocke, vielleicht dass der Herrgott schläft und aufs Schellen erwacht; er schläft. Ich gehe wieder hinaus und in den Garten, treibe mich dort etwas herum: allerlei Gemäuer, dreizehntes, viertes, siebentes Jahrhundert; und so. Sträucher, ein Gewürzbeetchen; hübsch. Ich sehe auch den weissen Pfau, von dem hat man mir erzählt; er ist berühmt; Schwesterchen sagte, ja, Schwesterchen sagte, Schwesterchen, wo jetzt? sagte, er bringe Glück. Gut; aber die kleine Eidechse dort auf dem Stein in der Sonne; sie hebt den Kopf, bleibt unbeweglich, als ich mich ganz vorsichtig nun ihr nähere, sie schaut mir entgegen, immer noch reglos, nur unterm Kinn bläht sichs leise, sie horcht; horcht zu mir hin. Und wenn ich jetzt zu ihr redete? sagte, weshalb ich hier bin, warum von zu Hause weg? Vielleicht interessiert es sie sogar, bei Tieren kann man nicht wissen. Dann sehe ich in der Mauer über mir das vergitterte Fenster, über die Decke drin huschende, flackernde Schatten. Hinauf und hoch; ich klammere mich fest an den Stäben, schiebe den Kopf über den Sims und schaue hinab, sehe unten dort im Gewölb an der gekalkten Wand das riesige schwarze Kruzifix, und davor den Sarg. Man meints gut mit mir; ich bin beglückt. Ich drücke das Knie fester noch gegen den Sims, starre hinab, möchte mit den Augen durch den Deckel, weiss nicht, wie lange ich da schon bin, höre das Knarren einer Tür und ducke den Kopf bis zu den Augen nieder: die geistliche Frau, die wandelnde Nonne von vorhin ist hereingekommen, ich erkenne sie gleich wieder an ihrer hohen und schlanken Gestalt. Sie nimmt den Wedel aus dem Weihwasserkessel und besprengt heftig damit den Sarg, sie zündet die Kerzen zu seinen beiden Seiten an, das geht wie am Schnürchen, wie bestellt, und alles bekannt! Eine Weile steht sie jetzt regungslos davor, dann geht sie rasch hin, nimmt den Deckel ab und stellt ihn aufrecht gegen die Wand: das also wärs. Die zweite Tote in dieser Woche, die ich sehe; mir reichts! Diese hier kenne ich wenigstens nicht, und über die Sache selbst? ausgeheult habe ich mich ja bereits schon. Am besten, Leute, ihr macht den Deckel darüber wieder zu. Warum also warum? starre und starre ich weiter wie ein Säugling, wie ein Aff, von hier oben nach unten hinab? Die Nonne, die geistliche Frau, habe ich gehustet, Madame? schaut auf, sie entdeckt mich hier zwischen meinen Stäben, sicher reizend zu sehn! sechzehn Jahre, munter, fröhlich und frisch. Aber nun kommt alles ganz anders, ich kann nur noch sagen, was kam, dazu reden kann ich nichts. Die Frau sieht mich an, und ihr Blick ist tot; ist gestorben, ein furchtbarer erloschener weisser Brand. Sie schaut mich an, und ich will etwas sagen, will mich bewegen, mich rühren, dann rufen oder auch schreien, nur etwas tun, weg unter diesem Blick! und ich kanns nicht, meine Lippen sind aus Stein, meine Finger starr um die Stäbe; ich komme, ich komme nicht los von dem Blick. Nun hats mich erwischt, so also ists, so also wars, Schwesterchen; ists. In einer Sekunde ist alles aus. Hab ich dann doch etwas gesagt oder getan oder ihr dort unten als Ganzes, als Anblick genügt? In ihrem Gesicht fängt an sich etwas zu regen, unmerklich nur, in den Augen zuerst, dann von den Augen heraus, die Wangen, die Backen hinab zum Mund, der zuckt; sie probierts, sie versuchts; fängt an zu lächeln, dann mehr: lächelt. Sie lächelt mir zu. Stunden danach, ich bin längst wieder unten im Tal, liege in einer Scheune im Heu, fängt mein Herz an zu klopfen. Ich habe mich doch noch nicht ganz ausgeheult, diese Woche. Das Lächeln über das Tote, ihre Tote hinweg, war für mich, es galt mir. Das behalte ich nun für immer. Ich habe mich doch noch nicht ganz ausgeheult. Ein Glück: keiner siehts.

Ankommen

Ich bin jetzt schon mehr als eine halbe Stunde hier unter der Passhöhe am See, nun schliesse ich die Augen, und das Bild der Landschaft, vor der ich sitze, entsteht hinter meinen Lidern, die Fläche des Sees, grau, Gold und Licht, Felsgrate aus seiner Tiefe, schuppig-zackige Formen, kreidig, urweltliches Getier, auf einem von ihnen, ragend, der eiserne Mast: die Drähte der Hochspannungsleitung überqueren hier den See, vom anderen Ufer ansteigend, Bergkegel, kahl, in ihren Mulden noch Flecke Schnee, und hinten, wo der See zu Ende ist, durch zwei schräg absteigende Bergkanten begrenzt, das dunklere Blau, dort führt die Strasse weiter, nach dem Süden, hinunter ins Tal; es wird finster, ich öffne die Augen, ich schaue hinauf, die Wolke hat die Sonne erreicht, ihre Ränder brennen noch, aber alles ist schon anders geworden, die Landschaft starr jetzt sie selbst, schattenhaft bei den Baracken drüben die Gestalten und die Bewegungen der Arbeiter, das Rattern und Knarren der Betonmaschine dumpfer, unter der Erde, wie aus Hallen empor, oben, vom Gasthaus, vom Parkplatz her, noch die Stimmen der Kinder, hell, und Rufe, aber auch das fern auf einmal, in gläsernem Raum, droht! die Sonne ist nun ganz hinter der Wolke verschwunden; ich weiss, sie kommt nicht mehr wieder. Später dann, oben vor dem Gasthaus, vor dem Hospiz, ist es wieder sehr heiss geworden. Ich sitze auf der Terrasse und schaue hinaus auf die Strasse. Drüben, auf dem Parkplatz, zwischen den feineren Kollegen, mein kleiner Sportwagen (Jahrgang siebenunddreissig), englisch, blassblau, blitzsauber frisch lackiert. Die Kinder interessieren sich ausschliesslich für ihn, die neuen, edleren Modelle daneben lassen sie kalt. Sie drücken die Hupe, natürlich! Zweiton: böse; kurz. Ich schätze den Abstand: es wird schwierig sein, dort herauszukommen, das Heck des Cars einer Reisegesellschaft steht zu gut einem Drittel vor meinem Kühler. Hirn, Kopf und Verstand! Auch die Kinder haben es gerade entdeckt; sie reden und gestikulieren aufgeregt mit dem Chauffeur, deuten hinauf zu dem Riesen (See Europe five Dollars the day) und auf den blassblau Kleinen daneben: nichts wird geschehn. Die Leute der Reisegesellschaft sind noch nicht lange ausgestiegen; sie stehen oder gehen herum, auf ungeschickten Beinen, meist Damen, in bunten Fähnchen, beschauen das Gebirge, den See, wissen nicht recht, wozu und wohin, kaufen Ansichtskarten am Kiosk, Stocknägel, Kuhglocken, enzianbemalte, winzige, en miniature. Ein Trüppchen, der Vortrupp wohl, kommt nun herauf auf die Terrasse; glücklich: sie habens gefunden; erreicht, was sie suchten! Ich schiebe den Brief, in dem ich gelesen hatte, in die Tasche; seinen Inhalt kenne ich längst, Wort für Wörtchen genau: was *nicht* darin steht, ist das Schlimme; und nicht nur für uns zwei! Bezahlt habe ich schon; ich überlasse Tisch und Bank den heranstürmenden Damen. O thank you! so kind. Unten im Wagen zögere ich wieder, wie mehrmals heute schon. Vor oder zurück; doch wieder zurück? Ziehe den Anlasser. Die Kinder machen den Lotsen (der Chauffeur ist verschwunden); alles geht glatt. Sie winken; winken noch immer, dann kann ich sie nicht mehr sehn. Oben am See biege ich endgültig von der Strasse ab. Ich fahre den Wagen hinter einen Schuppen; hier kann er bis morgen abend stehn. Bis dann hat sich alles entschieden. Ich hole den kleinen Rucksack aus dem Kofferraum, wechsle die Schuhe und schliesse das Verdeck. Dort unten im Städtchen erwartet man mich in zwei oder drei Stunden, ich habe telegraphiert; es wird später werden zu Fuss, bis ich komme, vielleicht Nacht. Man wird warten. Ich kenne den Weg; bin ihn schon einmal gegangen, siebzehnjährig damals, vor drei, vier Jahren, mit Schulkameraden zusammen. Eine Karte habe ich nicht dabei; ich werde schon finden. Nach kaum einer Stunde bin ich auf der Kante; von hier nun steil abwärts, erst über Geröll, dann über magere Alpwiese; ein paar Kühe liegen käuend im Gras, drehen mir die Köpfe entgegen, staunen; am Brunnen, an der Alphütte vorbei, ich erinnere mich, durch die Holzbarriere weiter; unten Schafherden, zwei Hirtenjungen rufen, grüssen, italienisch hier schon, halten den wütenden Kläffer um den Hals, am Schwanz gepackt zurück; Arvenwald dann, es wird schattig, kühl; und wieder bergan, der Steg über den Bach schwankt leise; Laubwald jetzt, Buchen, Kastanien, weisse Lichtstränge schräg zwischen den Stämmen; ich komme zur Brücke, unten in Felsentrichtern grün, kristallen, der Fluss; hier teilt sich der Weg; ich bin nun unsicher, versuche mich zu erinnern, dann folge ich dem Weg abwärts, über den Fluss; nach wenigen Minuten weiss ich, dass ich falsch gegangen bin. Ich kehre nicht um. Als ich zu einer grossen Lichtung komme, auf ihr ein morschgelbes, zerfallendes Haus, weiss ich nur ungefähr noch den Ort, wo ich bin. Ich setze mich auf die bröckelnde Stufe neben der Tür. Fern über mir ein Rollen und Sausen, ein Pfiff; dort fährt die Bahn; ich bin schon weitab. Der Weg geht nun eben, aber immer weiter durch Wald; selten ein Ausblick zwischen Kahlschlag hindurch oder über gefällte Bäume hinunter ins Tal; einmal, tief unten: ein eisblaues Gewässer; die Fahne über der Krone der Staumauer bewegt sich langsam im Wind; ich versuche ihre Farben zu erkennen: diesseits oder schon jenseits der Grenze? Endlich: vor mir wirds heller; ein Steilhang; und über Geröll und Kies hinab und hinaus ins Freie. Es ist spät geworden, die Sonne bereits nahe dem Horizont, Wolken steigen von dort auf, stehen schon hoch; aber noch viel Blau und das Rot des untergehenden Lichts. Die Ebene unter mir kenne ich nicht: flache Hügelzüge, Dörfchen dazwischen, sauber alles, leuchtend, wie frisch gewaschen nach Regen. Äcker, Gärten, Stille. Wo? Ich suche nach einem Abstieg; unterhalb eines Stadels sehe ich etwas Buntes leuchten, mir scheint, eine kleine Gestalt. Sie bewegt sich; ich winke, rufe. Da rührt sich nichts mehr. Ich habe mich getäuscht. Und unerwartet biegt jetzt der Weg wieder ab, führt seitwärts zurück in den Wald, Ich zögere, gehe dann doch; langsamer jetzt. Felswände wieder zu beiden Seiten, es tropft vom Gestein, ein feiner Hauch von Moder vor mir aus der Schlucht. Irgendwo schreit ein Tier. Ich bleibe stehen und horche, gehe weiter, da hört der Pfad ganz auf, verläuft in Dickicht und Gestrüpp. Es ist finster hier, kühl. Und wieder das Tier und von aussen, woher ich gekommen bin, ein Ruf. Ich gehe zurück, immer noch langsam, den Kopf gesenkt. Als ich mich dem Waldrand nähere, höre ichs wieder rufen, und dann sehe ich quer über die Wiese ein Mädchen zu mir heraufsteigen; es winkt. Es ist vielleicht elf oder zwölf Jahre alt, es hat einen Stecken in der Hand, einen kleinen Tragkorb auf dem Rücken; die letzten paar Meter kommt es gesprungen, hält jetzt vor mir und schaut mich erstaunt aus hellen grauen Augen an. Mir stockt ein wenig der Atem, als ich das sehe, und ich lächle ihm zu. Das Kind bleibt ernst. Ob es mir sagen könne, wo ich hier sei, frage ich und beuge mich zu ihm nieder, merke, dass meine Stimme leiser klingt. Aufmerksam schaut es auf meinen Mund, es denkt nach, ohne den Blick von meinem Gesicht zu wenden; dann lacht es laut auf und schüttelt den Kopf, wieder denkt es nach, fasst dann rasch meine Hand; und, noch immer etwas verwirrt, lasse ich mich ziehn. Das Kind läuft nun geschwind voraus, meine Hand hält es nicht mehr, aber von Zeit zu Zeit schaut es sich blitzschnell nach mir um, wenn es sieht, dass ich ihm folge, scheint es zufrieden. In den Häusern der Dörfer unten brennen schon Lichter; sehr fern und blass, über den Bergen, woher ich kam, steht der erste Stern. Ich sehe das Mädchen vor mir gehen, mir ist auf einmal, für eine Sekunde nur, es führe mich noch immer bei der Hand, und als kennte ich dies alles lange schon und seit immer: es war alles schon einmal so gewesen; manchmal versuche ich mit dem Kind zu reden, frage nach seinem Namen, den Eltern, dem Ort, wo es wohnt; immer schaut es freundlich zurück und schüttelt den Kopf. Ich bücke mich, meinen Schuh zu binden; es wartet; ich lege den Arm um seine Schultern, es geht an meiner Seite, schaut hin und wieder zu mir auf. Später gehen wir durch einen Bergacker hinunter; die Kleine zeigt vor sich hin: erst jetzt bemerke ich das kleine Gehöft, das Haus mit dem flachgiebligen Dach; ein Mann steht davor, über den Brunnen gebeugt; als wir näherkommen, richtet er sich auf, sieht uns entgegen. Er hat die grauen Augen des Kindes; nur härter, genauer. Eine Weile schaut er mir ins Gesicht. Ihr bringt Regen mit Euch, sagt er, ein willkommener Gast. Und wieder sein Blick auf meinem Gesicht; dann gibt er mir die Hand. Die Kleine hats abgewartet: jetzt läuft sie an uns vorbei und durch die Tür, gleich darauf höre ich über uns aus dem geöffneten Fenster das Klappern von Geschirr und von Töpfen. Der Bauer berührt meinen Arm; er führt mich durchs Haus nach hinten in eine zu ebener Erde gelegene Kammer; er nimmt ein paar Sachen vom Boden; man wäscht sich am Brunnen, sagt er; das Kind wird mir das Nötige geben, er selbst hat noch im Stall zu tun. Als er gegangen ist, sehe ich mich in der Kammer um: die Wände getüncht, kahl; Bett, Tisch und Stuhl. Ich stelle meinen Rucksack ab; während ich mich dann draussen am Brunnen wasche, luge ich hinüber zum Haus; die Kleine bleibt verborgen; auch das Geklapper der Teller und Töpfe hat aufgehört; schliesslich entdecke ich sie über mir, ihren Kopf aus der Luke des Daches; ich winke hinauf: ihr Gesicht ist weg. Schon will ich nach ihr suchen, da kommt sie, ein Tuch über dem Arm, aus der Tür; sie bleibt eine Weile bei mir, mein nasser Kopf macht ihr Spass; ich schüttle ihr die Tropfen ins Gesicht; sie lacht, hebt den leeren Zuber vom Brunnenrand und ist zurück damit im Haus. Ich trockne mich ab. Das Leinen ist körnig, es riecht nach Sonne, nach Wind. Später sitze ich auf der Bank vor dem Haus und schaue dem Bauern zu, der dort beim Brunnen seine Geräte reinigt; ich wollte ihm helfen dabei, er hat mich weggeschickt: ich werde müde sein vom Laufen; das Essen sei bald bereit. Über der Ebene schieben die Wolkenmassen sich nun gegeneinander, dazwischen noch Sterne; es wird Nacht; das Licht dämmrig, grau. Auch die Gestalt des Mannes am Brunnen nun dunkler; seine Bewegungen gehen langsam. Die Kleine ist taubstumm. Ich habe es dann endlich geahnt. Sie versteht vieles, von dem, was man sagt, sie liest es von den Lippen, meint der Vater; manches errät sie schon ehe mans spricht. Die Lehrerin im Dorf unten bemüht sich etwas um sie; nächstes Jahr soll sie in eine Spezialschule in der Stadt. Der Mann hat es erzählt, nebenher, als wäre es keine Sache. Sie empfindet es noch kaum. Ihr Schweigen war kein Spiel von ihr gewesen, wie ich zuerst gedacht. Am Tisch dann fühle ich mich, weil ich es nun ja weiss, erst etwas befangen; aber die Kleine ist wie zuvor, nur; als sie eben hereinkam: ein rascher Blick zu mir hin, fragend; fremder, – anders; eine Sekunde nur; sie dünkt mich älter auf einmal, gewachsen; dann ist es vorbei. Eifrig ist sie um mich her, füllt meinen Teller, rückt am Besteck, fast merk ichs nicht mehr, dass sie nicht redet dabei. Ich schaue auf die Hände des Vaters: dunkle, kräftig und wohlgeformt; sie schneiden die Scheiben vom runden Brot, giessen Milch in die Tassen, reichen herüber: alles mit ruhigen, mit sicheren Bewegungen; ich denke, man wird noch beten, zögere, hebe den Löffel; man hat darauf gewartet, beginnt zu essen; die Kleine schnell, den Kopf tief über ihren Teller gebeugt, es zuckt um ihren Mund. Sie kennt Ihre Art nicht, die Tasse zu halten, sagt der Vater zu mir, und auch er lächelt jetzt: wir halten es fester, was uns gehört; Sie nehmen das dem Kind nicht übel, und – von mir ist es ein Scherz. Die Stube ist niedrig, die Wände sind geschwärzt, die Petrollampe an der Decke gibt ein dämmriges Licht, auf der Konsole beim Fenster, rotbraun, die verblasste Photographie einer jungen Frau. Man isst schweigend; ich bin hungrig und lange zu; die Kleine ist längst zu Ende, aber immer geschäftig um mich her, mit diesem und jenem, das sie mir bringt, wegnimmt, bringt. Sie schiebt das Geschirr zusammen; verschwindet damit in der Küche. Der Mann hat sich zurückgelehnt, er spielt mit den Krumen auf dem Tisch, fragt schliesslich, ob ich schon müde sei, er meine, zum Schlafen, die Nächte sind lang hier oben. Mir ist wie bereits einmal heute: ich kennte all das schon immer von je, den Mann, die Stube, das Haus; ich bin erwartet, geborgen. Wenn ich nicht störe, antworte ich, ich bliebe noch gern. Der Bauer nickt, er scheint auf etwas zu horchen, schaut dann wieder zu mir, fragt, woher ich komme, wohin ich gehe. Erst zögere ich noch, dann, es sind wohl die Augen des Mannes, ich fange an zu reden: – erzähle. Hin und wieder schaue ich auf und den Bauern an: sein Gesicht ist unverändert geblieben, nur das Grau seiner Augen ist härter geworden, klarer auch. Ich höre ihn etwas sagen und unterbreche: die Kleine ist hereingekommen, geräuschlos, die letzten Worte hat sie vielleicht noch von meinen Lippen gelesen, begriffen; sie setzt sich mir gegenüber, der Vater macht eine einfache Bewegung mit der Hand: er will, dass ich weiterrede. Ich wähle jetzt die Worte; bin vorsichtiger in dem, was ich sage, meine Stimme ist leiser geworden. Das Mädchen wendet kein Auge von meinem Mund, manchmal bewegt es die Lippen, als sage es meine Worte nach; dann ist sie auf der Bank an meiner Seite, ich dämpfe noch mehr die Stimme, meine Hand liegt auf dem Haar des Kindes; ich bin mit dem, was ich zu erzählen habe am Ende: nun bin ich unterwegs, sage ich und beuge mich zu ihr nieder. Ich horche meinen Worten nach; fragend schaue ich auf, sehe die Augen des Bauern auf mich gerichtet; ich senke den Kopf. Dann die Stimme des Mannes: Wir erreichen das, was wir brauchen; nur Wachsein tut uns not. Er schiebt das Glas über den Tisch, füllt; es schmeckt nach Erde und Kräutern, herb. Draussen hat es zu regnen begonnen. Ich bin aufgestanden und gehe ans offene Fenster, ich habe die Augen des Kindes gesehen: tiefernst, verändert mit einemmal. Hinter mir wieder die Stimme des Mannes: Der Regen bringt Kühle; es ist gut ruhn die Nacht. Auch er ist aufgestanden. Die Arbeit beginnt früh für uns am Morgen, sagt er. Er gibt mir die Hand. Im Flur ist es dunkel, das Mädchen leuchtet mir bis zur Kammer; neben dem Bett brennt ein kleines Licht. Ich schaue hinaus. Finsternis um die Hügel. Der Regen leiser jetzt; Gräser und Erde duften stark. Es ist gut ruhn: die Worte des Mannes tönen noch in mir nach. Schritte draussen; ich beuge mich vor: jenseits des Hauses, der Bauer vielleicht, schaut nach dem Vieh; Es ist spät; schon spät in der Nacht, schlafen, es ist Zeit, – jetzt im Haus; vor meiner Tür. Ich drehe mich um; das Kind ist hereingetreten. Es hat einen Krug in der Hand, ein Glas; stellt beides vor mich auf den Tisch. Seine Augen schimmern im Schein der Kerze. Es zögert; ist wieder bei der Tür; kommt rasch dann zu mir her. Seine Lippen bewegen sich, es will reden, beugt sich vor, tiefer; ich spüre den Mund auf meiner Hand und erschrecke. Da ist sie hinaus. Ich bleibe lange noch wach, horche auf den Regen draussen, auf das Schlagen meines Blutes. Dann doch der Schlaf; ich habe geträumt und vergass. Am Morgen ist das Wetter regnerisch kühl. Der Bauer zeigt mir den Weg. Noch warte ich und sehe mich um; das Mädchen hält sich versteckt. Erst als ich, eine Strecke entfernt schon, mich umdrehe, sehe ich es oben neben der Tür. Bewegunglos schaut es mir nach. Es tritt zurück ins Haus. Langsam steige ich weiter hinab, unten kehre ich mich noch einmal um, das Haus ist jetzt hinter der Waldbiegung verdeckt, Nebel gehen gegen den Hügel, für eine Sekunde wird alles deutlich, ich weiss, wovon ich geträumt habe in der Nacht, dann ist es wieder weg, versinkt.

Tobias. Der Engel

Man hat mich geschickt. Man hat dich geschickt? fragt Tobias aufmerksam interessiert den, der da vor ihm steht, einen Arm nachlässig über den Zaun gelehnt. Man hat dich geschickt? fragt er noch einmal; Judenjungen werden immer aufmerksam, wenn etwas aus dieser Richtung zu ihnen kommt. Man hat mich zu dir geschickt, habe ich gesagt, ich soll dich führen, das müsste dir eigentlich genügen. Kennst du denn die Wege, fragt der junge Tobias ihn, Medien, wohin der Vater mich sendet, ist fern. Da sieht er Tiki, sein Hündchen, und weiss Bescheid. Es hat den Kopf zwischen die Vorderpfoten gelegt, presst das Hinterteil gegen die Erde und kriecht winselnd und sich windend mit hochgesträubtem Fell vor jenem zurück, seine Augen zwinkern und füllen sich mit gelbem Licht, Sand bröckelt zwischen seinen Lidern. Man hat dich also geschickt? Hundeschreck. Es gab eine Zeit, da hätte auch ich mich vor dir gefürchtet, mein Gesicht zwischen die Pfoten vergraben und einen Namen gerufen, den es, wie ja auch du weisst, so gar nicht gibt. Heute weiss ich schon beinahe nicht einmal mehr, was du bist. Und mein Gesicht darf ich nicht vergraben, ich muss dir in die Augen sehen, wie jedem, der mir sagt, dass er die Wege kennt. Ich habe dir nicht gesagt, dass ich sie kenne, antwortet der Fremde, niemand kennt sie, ich habe dir gesagt, dass man mich schickt, dich zu führen. Und, er zögert: denn meine Wege sind nicht eure Wege, sagt er dann noch; es klingt fast wie eine Frage. Aber das ist ein Zitat! ruft der Judenjunge schnell, und gilt wenig; ich weiss hundert andere mehr. Denn unsere Wege sind nicht mehr seine Wege, fügt er nach einiger Zeit leise hinzu, und es klingt sogar etwas stolz. Du kannst es dort bestellen, woher man dich schickt. So gehst du allein? Wenn ich muss. Allein? Wenn ich muss. Dann will *ich* dich begleiten. Wie immer übrigens. Ausserdem, auch ich muss, denn man hat mich geschickt. Das sagtest du bereits. Ich sagte es dir bereits. Mehrere Male. Nimmst du mich an?

Im Lebkuchenhaus

Und dann –? Dann? Was soll aus uns werden, sagte er dann, was können wir unseren armen Kindern noch geben, wo wir für uns selbst nichts mehr haben, weisst du was, antwortete die Frau, weisst du was, sagte der Mann, wir wollen sie morgen in aller Früh, wir wollen unsere Kinder morgen in aller Früh hinaus in den Wald führen, wo er am dicksten, dort wo er am dicksten ist, da machen wir ihnen ein Feuer, wir machen ihnen ein Feuer, damit sie sich daran erwärmen und geben jedem ein Stückchen Brot, dann gehen wir jeder und lassen sie dort allein, wir lassen sie allein, sie finden den Weg nie wieder zurück und wir sind es los. Nein, o nein, sagte der Mann, nein, sagte die Frau, das tue ich nicht, wie sollte ichs über mein Herze bringen, meine Kind-Kinder im Walde alleine zu lassen, die wilden Tiere müssten ja kommen und sich ihrer erbarmen. O du Narr, sagten sie, sagte sie, sagte er, sagten sie beide, dann will ich mich lieber gleich hinlegen und sterben, und liess ihr, ihm, keine Ruhe, bis sie, bis er einwilligte, aber die armen Kinder dauern uns doch sehr, sagte der Mann und sagte die Frau. Die zwei Kinder hatten vor Hunger vor Hunger nicht einschlafen können und sie hatten alles gehört, und das Mädchen weinte bittere Tränen und sagte zum Bruder: nun ist es geschehn, und es weinte wieder bittere Tränen, da weinte auch er bittere Tränen, dann wieder sie, dann wieder er, – und dann? dann trocknete er ihr die Tränen und sie trocknete seine Tränen, und dann? dann sagte der Bruder zum Mädchen: komm lass uns doch nicht warten, wir wollen lieber gleich hinausgehn in die Nacht, dort wo sie am hellsten ist, da suchen wir etwas für unseren Hunger, und dann? dann gingen sie miteinander, und dann? dann, dann weiss ich nicht mehr, sie hatten Hunger.

Meine Sorgen

Heute abend verreise ich. Ich habe meine Fahrkarte bereits gelöst, das Hotelzimmer ist reserviert. Ich bin ein unpolitischer; aber ich bin ein empfindsamer Mensch. Mein Missbehagen ist gross. Wenn man in ein Land reist, in dem man noch nicht gewesen ist, fallen einem Dinge in die Augen, die sonst zu bemerken man keine Ursache hat. Ich habe diese Erfahrung schon mehrere Male gemacht. So las ich gestern auch gleich auf der Titelseite der Frühausgabe meiner Zeitung, deren Inhalt ich sonst ausser dem mich speziell interessierenden Teil, ich bin ein unpolitischer Mensch, nur blätternd überfliege, gleich in der Überschrift den Namen jenes Landes, wohin zu reisen ich heute abend die Absicht habe. Ich las, dass es ein Land ist, dessen Obrigkeit von der Mehrheit oder von einer Vielzahl seiner Bevölkerung nicht gebilligt wird. Über den Gegenstand dieser Missbilligung mir ein Urteil zu bilden, steht mir nicht zu. Aber dann las ich weiter auch von Unmenschlichkeiten, so von Gefangennahmen und von Gefängnissen, auch von Folterungen, die von den Mitgliedern der Obrigkeit eben dieses Landes an verschiedenen ihrer Landsleute, die nicht mit ihren Ansichten übereinstimmen zu können glauben, befohlen und auch an ihnen vorgenommen werden sollen. Ich glaube, dass ich an der Berichterstattung meiner Zeitung, auf die ich seit nun mehr als zwanzig Jahren abonniert bin, zu zweifeln keine Ursache habe. Auf der letzten Seite, der Bildseite dieser meiner Zeitung, war noch neben einer liegenden Frau ein weinendes Kind aus diesem Land abgebildet. Dieses Bild hat mich besonders geschmerzt. Ich bin ein Mensch, dem einen einmal gefassten Entschluss umzustossen, fast unüberwindbare Schwierigkeiten bereitet. Werde ich dennoch durch schwerwiegende private Umstände, es ist schon vorgekommen, dazu gezwungen, kann es Wochen, sogar Monate dauern, bis ich zum Gleichgewicht meines inneren Lebens zurückgefunden habe. Ich weiss also, dass ich meinen Entschluss nicht widerrufen darf, und dass ich morgen in dieses Land verreisen werde. Ich bin mir des Zwiespalts meiner Empfindungen hierbei bewusst. Nicht jeder kann das in der selben Situation von sich sagen. Aber ich glaube, dass mein Problem unlösbar ist.

Sie schaut auf seine Hände; nur noch auf die. Die Form vielleicht ist meine Sache, sie fällt einem so ein, sagt er, meist erst während des Machens, man will etwas, sieht es auch; selbstverständlich, einiges tut man auch dazu; vielleicht; die Farben, den Auftrag der Glasur, vielleicht; sagte ich Auftrag? dann nach dem Brennen im Ofen gibts ausserdem Überraschungen, immer, die sind eigentlich das Interessanteste von allem. Aber das Ganze ist nie das eine ohne das andere, sagt sie, nie ohne den Einfall, nie ohne das Tun. Das schon, antwortet er. Genau: ich weiss nicht einmal das; ob überhaupt etwas an dem Gewerk von mir ist, und wenn, was. Aber wer kann das schliesslich schon wissen; wenn er denkt, meine ich. Denken Sie, fragt er. Sehen Sie, sagt er, der Laden ist winzig klein, wenn Sie sich nur ungeschickt umdrehen, wie jetzt, stossen Sie mir schon die Sachen von den Gestellen, passen Sie also bitte auf. Die Kunden tun das auch oft, sie versuchen sich dann zu drücken, wenns in Stücke gegangen ist, meinen, ich hör oder sehs nicht im hinteren Raum, wo ich werke. Täuschung; bei mir übrigens mit Leichtigkeit immer; Fräulein; Frau? Es sind ausserdem meist die Eden au Lac, die sich zu drücken versuchen, die mit den dicksten Portemonnaies und Portefeuilles; wohl eine Art Sport das oder gute Angewohnheit von ihnen. Da bin ich dann knapp, müssen Sie wissen, sehr kurz. Nenne den Preis der Scherben. Es hat mir noch keiner widersprochen. Rentabel, sagt sie, der kleine, der winzig kleine Laden auf diese Weise in jedem Fall. Sagten Sie in jedem Fall? Sie lachen nun beide. Ich kann noch weg! denkt sie. Ich habe niemanden gebeten hereinzukommen. Und zerdeppert ist zerdeppert, sagt er plötzlich sehr heftig, ob im Winzigen oder im Kolossalen, es steht nicht wieder auf. Oder haben Sie eben etwa gerade an Leim oder Kitt gedacht? fragt er scharf. Sprechen Sie nur weiter, sagt sie, ich besitze enormes Gehör. Ich habe keinen gebeten hereinzukommen, wiederholt er. Ausgestellt haben Sie Ihre Sachen trotzdem; sie blickt durch die Auslage der kleinen Vitrine über die schmale Promenade hinaus auf den See. Mit diesem Einwand ist man immer im Recht, sagt er, besonders –. Ich wohne nicht Eden au Lac; ihre Stimme ist ruhig, tief. Präzis zu sein, ich wohne überhaupt nicht hier im Ort, ich habe ein kleines winziges, auch winziges! Zimmer für meine Ferien, zwei Wochen davon sind schon vorbei, drüben in der Stadt gemietet, privat; weitere Auskünfte, in speziellem Fall antworte ich auch ungefragt: Köln; Architektin, Innen-, ebenfalls klein, winzig, gerade erst angefangen mich selbständig zu machen, also: klein; winzig klein. Noch –! fährt er dazwischen. Unverheiratet; das wieder hatten Sie mich doch gefragt? Meine Eltern allerdings, die nächste Woche kommen, da haben Sie recht, wohnen au Lac; Grossindustrie. Auschwitz, sagt er, meine. Ich schliesse nun, es ist gleich zwölf. Er nimmt die Vase aus ihren Händen und setzt sie vorsichtig in das Gestell zurück. Sie lässt ihre Hände nicht sinken. Sie hält sie weiter geöffnet, leer nun vor sich hin. Sie haben das verstanden, sagt er. Ich habe von Anfang an verstanden, sagt sie, senkt jetzt langsam die Hände. Sonst aber, sagt sie, sind Sie nicht übel. Sein dunkelbraunes Gesicht wird grünlichblass, sehr schmal, auch die Lippen, die Augen nur noch Schlitze. Sonst sind Sie nicht übel, wiederholt sie ruhig, auch Ihre Sachen gefallen mir gut, die Keramiken besonders, die schwarzrote Vase, ich möchte, ich möchte sie, ich bin auf einmal so müde, sagt sie. Dann kann er sie gerade noch halten, sie kippt einfach in der Mitte zusammen. Weiter kann ich nicht, sagt sie. Etwas zerbricht jetzt, denkt sie noch. Oder wird ganz. Spürt seine Finger. Senkt ihren Hinterkopf tiefer in seine Hand.

Nebenbei,

es war fällig! bis Ende des nächsten Monats hätte ich sowieso nicht durchgehalten. Der Zug kam mit drei Minuten Verspätung an, und das genügte, wäre es nicht gewesen, ich hätte nicht mein Schienbein mit vollster Wucht gegen die scharfe Kofferecke geschlagen, während ich im Sturmlauf zum Ausgang des Bahnhofs jagte. Der Besitzer des Koffers würde mir dann nämlich an diesem Punkt des Perrons noch nicht entgegengekommen sein. Es tat furchtbar, es tat entsetzlich weh. Ich klomm über das Trittbrett hinauf in die Drei, biss die Zähne zusammen. Im Büro war alles schon auf den Plätzen. Ich setzte mich hinter meinen Tisch, krempelte vorsichtig die Hose hoch und besah mir erst einmal den Schaden. Blut, viel; eine sieben Zentimeter lange tiefe Schramme, rings darum geschwollen, blau. Genau das hatte letzthin ein Bekannter von mir, sagt der vom Nebentisch, musste dann unter dem Knie amputiert werden. Sepsis; Beinprothese.

Gibts. Ich habe schon meine Antwort bereit. Sehe sie hinten aufstehn und quer durch den Raum zu uns herkommen, sie sieht so aus, dass alle im Haus, Jünglinge, Greise, sich bemühn und tun, was sie können, es ist noch keinem gelungen, ich weiss nicht, wer, was man sein muss, um bei der da anzukommen, ich jedenfalls werde auf Ende des nächsten Monats hier kündigen, ich will es auch bestimmt tun. Sie steht jetzt vor dem neben meinem Tisch, dem mit der Sepsis, der Prothese, und knallt ihm eine ins Gesicht; wortlos. Natürlich weiss er einen Moment nicht, was tun, holt dann, ich sehs, wirklich auch schon aus, ich will hinüber, vergesse mein Bein, schreie oder brülle auf, alles schaut nun zu mir, und sie, sie spaziert ruhig an ihren Platz zurück, setzt sich dort hinter ihre Maschine, hebt die Hände, lässt die rechte wieder fallen, versucht sie zu drehen, zu wenden, verpresst die Lippen, schaut zu mir her, ich zu ihr. Sie deckt die Haube über ihre Maschine. Sie müssen das verbinden lassen, sagt sie im Vorbeigehn zu mir; die andern grinsen. Der Personalchef schickt uns hinüber in die Apotheke, der Apotheker zum Arzt. Wir müssen warten. Erst komme ich dran, wohl weils blutet. Später habe ich einen schönen straffsitzenden Verband ums Bein, sie einen ums rechte Handgelenk. Ich soll mich wenig bewegen. Die nächsten fünf bis sechs Tage haben wir ganz für uns. Es war fällig; finden wir nun beide; ich kann scharfe Kofferecken aufs wärmste empfehlen.

Versuch (eine Möglichkeit)

Es war ein miserabler Vormittag, ich war mit Dringlichem versorgt, und ich sagte ihr das, ich sagte meiner Frau, die mich von der Stadt her anrief, dass ich mit Dringlichem versorgt bin, dass ich mit Dringlichem bis an den Hals hinauf versorgt sei, was also denn Dringliches und wenn sie es mir schon nicht am Telefon, gut, ich stünde zu ihrer Verfügung: es war ein miserabler Vormittag; und als mir kurz vor elf dann noch der Junge gemeldet wurde: ihn hätte ich zuletzt hier bei mir erwartet und erst recht nicht und gerade nicht nach dem, was jetzt dort unten bei ihnen passiert ist, aber dass er kam, hierher kam, dass er überhaupt einmal zu mir kommt, es ist noch nie geschehen, es ist so ganz und gar unwahrscheinlich: ich liess ihn sofort herein. Seine blassen, seine auffallend blassen, immer wie verschwollen wirkenden Lippen, sind ihre Lippen, die Lippen der anderen; die Augen hat er von mir. Ich bin deutlich? Er ist mein Sohn. Seine Mutter ist nicht meine Frau; aber das ist vorbei. Vorbei? Ich wartete, bis er sass, den Pullover, den er trägt, kenne ich schon seit Jahren, die Farbe ausgewaschen, die Ärmel kaum bis ans Handgelenk; die Sandalen – alles etwas ärmlich, zu lange getragen; sauber. Wie immer, wenn wir uns sehen, diesmal besonders, bin ich nervös, ich frage, was man in solchem Fall eben fragt, wie es ihm geht, trotz allem, was unabänderlich nun eben einmal geschehen ist, geht, frage ihn, ob er direkt von zu Hause kommt, ob er –, er macht es wie immer, er schweigt, schaut mir ruhig ins Gesicht, ohne mich zu sehen, den Blick irgendwie, irgendwo durch mich hindurch, an mir vorüber, hinten an die Wand, lässt mich erst eine Partie reden; so frage ich denn also, und darum gehts doch wohl, nach ihr, der anderen, nach seiner Mutter, und nach den letzten Stunden des nun Toten, der mein Freund gewesen ist; immer; der sie heiratete, als ich, auch das gleich gesagt, ich scheue mich nicht vor dem Wort: als ich kniff; der als seines, des Jungen, meines Jungen, Vater galt; gilt. Der Mutter geht es, antwortet er nun doch, soweit, den Umständen entsprechend, recht, sie fühle sich am besten allein, die Tage bis zum Tod des Mannes, so nennt er ihn immer seit je, waren, wie das bei derartigem – er pausiert fast unmerklich zwischen jedem der folgenden vier Wörter, mit denen er die meinen von vorhin zitiert: wie das bei derartigem "nun eben einmal Unabänderlichen" so ist, zum Schluss sei dann die Erlösung gewesen, bei Erlösung gewesen beginnt sein Blick mich langsam zu sehen: still freundlich und fragend, so schaut vielleicht ein sehr liebes siebenjähriges Kind; ich weiche ihm nicht aus, diesem Blick, ich zeige nicht, wie mir wird unter diesem Blick; er schaut mir immer noch in die Augen, lächelnd jetzt, unheimlich böse, heiter. Ja; er komme direkt von zu Hause, sagt er dann, in etwas mehr als einer Stunde fahre er wieder zurück, er ist nicht gekommen, mich zu belästigen, nicht mehr jedenfalls als unbedingt erforderlich ist; nur eben dies: es ist da ein Auftrag an mich zu erfüllen, etwas, das er, das er an einem Totenbett, Sterbebett, heisse es richtiger, versprochen hat, ein letzter Wunsch des Mannes, des Toten, des nun Toten: persönlich von mir hier abzugeben, spätestens drei Tage danach, sagt er, und er schiebt einen länglichen Briefumschlag ohne Anschrift vor mich hin über den Tisch, auf eine Antwort zu warten, ist ihm nicht aufgetragen worden, er könne gleich wieder gehen, was versprochen wurde, ist getan. Nein! er brauche nichts! Nichts. Nie etwas. Nichts; sagt er. Und wartet. Ich könne das übrigens lesen, wann ich wolle, sagt er. Wartet. Also doch. Ich nehme den Öffner, ich schneide, den Umschlag zu schonen, langsam, sehr vorsichtig mit geradem Schnitt, die obere Kante auf, spüre seine Augen von der anderen Seite des Tisches auf mich gerichtet: Stahl. Eine weisse Korrespondenzkarte; die Schrift klar und fest wie aus gesunden Tagen: Kümmere dich um den Jungen und sie. Das ist alles. Kein Gruss. Mehr nicht. Aus. Ich stecke die Karte ins Kuvert zurück. Er verfolgt jede meiner Bewegungen, prüft mein Gesicht. Also doch? Er holt sich den Brieföffner vom Tisch, besieht ihn, klemmt ihn längs zwischen die Zeigefinger, hebt, wendet und besieht ihn wieder, von oben, von unten, von allen Seiten genau, denkt eher an die Tracht eines Eskimos dabei als an den Brieföffner zwischen seinen Händen, jetzt wirft er ihn zurück, er streicht sich das Haar aus der Stirn, schüttelt den Kopf und reibt sich mit den Fingerspitzen heftig die Schläfen. Nun ja; sagt er: das wars. Dann also, Adieu. Ich bin mit bei der Tür; dort bleibt er stehn; er schaut hinunter auf das Kuvert in meiner Hand, denkt nach, will etwas sagen, sagt dann nichts, und auch ich schweige. Weshalb bist du nicht zum Begräbnis gekommen? fragt er schliesslich doch; die Worte kommen mühsam, gegen Widerstand, aus seinem Mund. Und als ich weiter schweige: Klar; sagt er, du hast natürlich recht: tot ist tot. Oder, fragt er nun schnell weiter: hätte dich dort zum Beispiel vielleicht jemand gestört? Besorgnis unnötig: sie war nämlich auch nicht dabei. Sie, die andere meint er, seine Mutter; weshalb ging sie nicht mit, warum blieb sie zu Haus? Er wartet, wartet noch immer. Meine Hand, die das Kuvert hält, wird langsam starr, ich denke, dass es mir gleich entgleiten wird. Hebt er es mir dann auf? Wird er sich bücken, hebst du es mir dann auf? Da sehe ich wieder dieses Licht in seinen Augen, das ich kenne, dieses kurze weissaufzuckende, zerfahrende Licht. Kann ich etwas für dich tun? frage ich ihn wieder. Er ist gegangen;

er hat mir nicht einmal mehr geantwortet. Ich trete neben das geöffnete Fenster. Er geht unten langsam über den Hof, am Eingang zur Spedition vorbei. VERSUCH (eine Möglichkeit). Ich könnte rufen. Noch. Ihn rufen. Ich rufe. Er dreht sich um, schaut herauf; zu Boden. Er kommt zurück. Kommt er? kommt?

Wenn du mich willst

Das kommt ungelegen; die Bestätigung des Doktors hätte es eigentlich gar nicht mehr gebraucht; was tun? Und, denkt sie: wollte ich eigentlich wirklich oder wollte ich nicht. Will ich? Neun Monate dieses im Bauch; gut; aber dann? Wollte er; ich? Beide? Reicht es zwischen uns: reicht es dann zwischen uns, meine ich, denkt sie, und – o verflucht! ruft vor ihr der Junge, dem sie soeben beim Denken die Tüte aus der Hand geschlagen hat; das war meine Schuld, sagt sie, während sie sich bereits bückt, die über das Trottoir zerstreuten Kirschen einzusammeln, es war meine Schuld; und in der gleichen Sekunde fahren ihre Köpfe schon auf halber Höhe zum Trottoir gegeneinander; kein harter Schlag, nein, eher, sagen wir: eine blitzschnelle, eine hauchschnelle Berührung ihrer Gesichter; sie fühlt einen Moment seine Wange an ihrer Wange, glaubt deutlich zu merken, wie er sie anschmiegt; doch nein –, das ist nur ein winziger Stups! mit der Nase aufwärts; ein kleiner Hund; meldet sich wer? klopft man an? und den sie, den Stups, ja! den sie erwidert. Sie spürt seinen Atem an ihrem Mund und richtet sich auf. Der Tag geht so weiter, wie er begonnen hat, denkt sie und sieht dem Jungen zu, der die Kirschen auf dem Trottoir zusammenklaubt und ungeachtet eines immerhin beträchtlichen Fussgängerverkehrs sorgfältig, an den Stielen, Büschel für Büschel, in die Tüte zurücksenkt: ein elf- oder dreizehnjähriger Bengel, in orangefarbenem Baumwollpulli, verbleichten stahlblauen Hosen. Habe ich dir wehgetan? fragt sie, als er mit der wiedergefüllten Tüte vor ihr steht, fragt es eigentlich unnötigerweise, denn er reibt sich überheftig das Handgelenk. Er schaut sie an, wie jemanden, den man eben zum erstenmal richtig bemerkt. Sie? mir wehgetan? – ich etwa Ihnen? fragt er. Fragt es! Die Steckrübe, der Minuszwerg! Wenn ich mich nicht beeile, fährt mir die Bahn vor der Nase weg, denkt sie; zögert noch immer. Adieu also, sagt sie und gibt ihm beinahe die Hand. Adieu, sagt er; äfft er sie nach? Und wie er sieht, dass sie hinüber zur Kasse tritt, mit einigen Schritten hinter ihr: Oh, Sie fahren hinauf? Dann können Sie ja Proviant brauchen, sagt er, und er setzt ihr behutsam, doch bestimmt, mit beiden Händen die Kirschtüte auf den Arm. Als sie dann im Wagen der Seilbahn sitzt, sieht sie ihn noch immer unten auf dem Platz; spürt jetzt wahrhaftig etwas wie Trennungsweh. Kommst du mit? ruft sie, zum Spass nur natürlich, aus der schon fahrenden Bahn. Wenn du mich willst! ruft da der Bengel tatsächlich zurück. So einer also ungefähr wärs, denkt sie und lehnt sich schneller atmend in die Fensterecke. Kann ihn unten immer noch sehn. Er winkt. Sie winkt zurück; bis er, ein Pünktchen, verschwindet.

Warum?

Habe ich etwas falsch gemacht?
Vorläufig noch nicht.
Er setzt den Fuss auf die Schwelle der geöffneten Wagentür, beugt sich, das Kinn in der Hand, Ellenbogen auf dem Knie, zu ihr nieder.
Zu schnell auf die Bremse gegangen. Vielleicht.
Als Sie mich so plötzlich vor den Rädern stehen sahen. Eine Viertelsekunde zu früh. Vielleicht.
Erschrocken! ob ich erschrocken bin?
Damals, meine ich. Damals! Sind Sie damals erschrocken? Habe ich damals etwas falsch gemacht? Damals –
Damals. – Damals! Als Sie gleich wieder gingen.
Habe ich damals etwas falsch gemacht? Habe ich gelacht, war ich ernst? Zu ernst? War ich Ihnen zu ernst? War es ernst? Sagen Sie, war es zu ernst? Ihnen zu ernst? Sind Sie damals erschrocken? Habe ich damals etwas falsch gemacht?
Damals –
Warum waren Sie überhaupt mit dabei! Warum

sind Sie gekommen? Sie waren nicht verlangt. Und warum, warum! sind Sie sofort wieder gegangen?
Damals —?
Und warum, weshalb dann sind Sie nun hier! Jetzt hier. Geben Sie keine Ruhe. Weshalb dann sind Sie nun gekommen. Mir keine Ruhe. Wiedergekommen? Hierher. Jetzt. Überhaupt —.
Komm!

In der Nacht

Schmerzen habe ich keine; es ist die zweite Nacht, dass sie dort unter der kleinen Lampe vor mir über ihr Buch gebeugt sitzt und liest. Sie ist noch sehr jung; einundzwanzig, dreiundzwanzig Jahre. Ich weiss, dass es schlimm um mich steht; wahrscheinlich ist nichts mehr zu machen. Sie hat gemerkt, dass ich wach bin. Sie schaut zu mir her; liest weiter, blättert um. Ihr Gesicht ist schmal, ernst; sie hat braune Augen. Sie tut alles, was zu tun ist, an mir getan werden muss; nur dies. Rasch und geschickt; genau. Keine Bewegung, keinen Blick zuwenig, zuviel. Es ist ihr Beruf. Sie hat mich noch nie anders als prüfend, als kontrollierend angesehn. Ich spüre wie etwas sich löst, unter der Narbe auseinandergeht und langsam und warm in mich zu verrinnen beginnt, mein Kopf seitwärts ins Kissen fällt; ich werde gleich das Bewusstsein verlieren. Wenn Sie Schmerzen haben, darf ich Ihnen etwas geben; tut es jetzt weh? Antworten kann ich nicht mehr; es wird schon dunkel. Ich sehe auf einmal ihre Augen auf mich gerichtet, die Lider stehen weit offen, ein furchtbares, graues weisses Licht. Sie werden gesund, sagt sie leise, drohend. Sie bleiben. Ich weiss nicht, wo ich war. Sie sitzt unter der kleinen Lampe über ihrem Buch. Wenn Sie Schmerzen haben, sagt sie, darf ich Ihnen etwas geben. War ich schon einmal wach? frage ich. Sie haben geschlafen bis jetzt. Haben Sie vorhin noch etwas anderes zu mir gesagt, Schwester? Sie schaut nun ganz zu mir her. In mein Gesicht. Ihre Augen sind braun und sehr schön. Ich habe nichts zu Ihnen gesagt, antwortet sie, Sie haben geschlafen bis jetzt. Tut es weh? Ich darf Ihnen etwas geben, falls Sie Schmerzen haben. Wenn es nicht mehr geht, sagen Sie es mir. Ihr Gesicht über dem Buch unter der kleinen Lampe ist schmal und sehr ernst; aufmerksam.

Das Stück würde gleich zu Ende sein

Das Stück würde gleich zu Ende sein. Mit den fünf Worten, die er nun zu sagen hat, wird es zu Ende gehn. Er löst sich, wie hunderte Male zuvor geprobt, aus der Gruppe der übrigen und geht langsam mit gesenktem Kopf nach vorn an die Rampe des Podiums. Die paar Worte, die er noch zu sagen hat, sind schlicht und jedermann verständlich. Sie haben mit dem Spiel, das eigentlich soeben zu Ende gegangen ist, schon nichts mehr zu tun, es wird in ihnen nichts mehr hinzugefügt, kein Kommentar, keine Aufforderung, nichts, auch keine Frage, nur etwas, das denen unten im Saal das Ende, den Schluss des Spiels andeuten könnte, die Worte, die nun gesagt werden sollen, hunderte Male zuvor erprobt, sind nebenhin gesagt, betonungslos und ohne Gewicht, eine leichte Handbewegung, der Hinweis nur, man sei am Ende, man könnte gehn. Er steht vorn an der Rampe, und das Licht des Scheinwerfers ist allein auf ihn gerichtet, wie heute abend, als man im fast leeren Saal zum letzten Mal probierte: nun hat er den Kopf zu heben und die Augen zu öffnen, die wenigen Worte zu sagen, und weiss sie nicht mehr. Hinter den Lidern spürt er die unzähligen Blicke derer unten im Saal auf sich gerichtet und bleibt stumm auch dann, als ihm die Worte, die er sprechen soll, bereits wieder eingefallen sind. Eine Hand liegt gegen seinen Mund. Für jene unten im Saal: er steht schmal im weissen Scheinwerferlicht vor ihnen, die Arme lässig neben den Hüften hängend, den Kopf gesenkt. Man hat gedacht, dass das Spiel schon zu Ende sei, aber es ist doch nicht ganz klar, man sieht ihn da vorn stehn, und man wartet. Jetzt hebt er den Kopf und öffnet die Augen. Er wird etwas sagen; und er schweigt. Langsam erlischt das Licht des Scheinwerfers über ihm, und sein Erlöschen deckt ihn und alles um ihn in Nacht. Auch die Lichter im Saal sind noch dunkel. Man weiss nun doch nicht, ob das Spiel schon zu Ende ist, das letzte Wort schon gesprochen war. Noch nicht.

Inhalt